诗话黄河三门峡

黄河三门峡水利枢纽文化丛书编写组　编

黄河水利出版社
·郑州·

图书在版编目（CIP）数据

诗话黄河三门峡 / 黄河三门峡水利枢纽文化丛书编写组编 .—郑州：黄河水利出版社，2021.5
（黄河三门峡水利枢纽文化丛书）
ISBN 978-7-5509-2887-9

Ⅰ . ①诗… Ⅱ . ①黄… Ⅲ . ①文艺 – 作品综合集 – 中国 Ⅳ . ① I211

中国版本图书馆 CIP 数据核字（2020）第 260870 号

组稿编辑：陶金志　　电话：0371-66025273　　Email：838739632@qq.com

出 版 社：黄河水利出版社　　网址：www.yrcp.com
地址：河南省郑州市顺河路黄委会综合楼 14 层　　邮编：450003
发行单位：黄河水利出版社
发行部电话：0371-66026940、66020550、66028024、66022620（传真）
E-mail：hhslcbs@126.com
承印单位：河南瑞之光印刷股份有限公司
开本：787 mm × 1 092 mm　1/16
印张：18
字数：226 千字　　印数：1—2 000
版次：2021 年 5 月第 1 版　　印次：2021 年 5 月第 1 次印刷

定价：180.00 元

黄河三门峡水利枢纽文化丛书编纂委员会

主　任　贺树明

副主任　陈印刚　赵国民

委　员　王通战　牛锐锋　薛建峡　薛敬平　高建民

刘　可　许三松　张格铖　黄犀砚　许炳勋

罗昌忠　张冠军　刘卫东　蔡红标　金泗荣

杨剑锋

黄河三门峡水利枢纽文化丛书编写组

主　编　金泗荣

副主编　范保华　孙淑兰　郭　慧

编　辑　（以姓氏笔画为序）

王　铎　孙淑兰　刘佳琪　杜　妍　李君武

沙　莎　陈栋斌　范保华　郭　慧

序

“君不见，黄河之水天上来，奔流到海不复回……”作为中华民族的母亲河，千百年来，无数荡气回肠的诗篇随着滔滔黄河水奔腾古今。

有了三门峡，黄河始安澜。作为新中国大型水利工程的“长子”，三门峡水利枢纽工程的建设，倾注了国家领导人的心血，吸引了亿万人民的关注，记录了成千上万水利人激情燃烧的岁月，谱写了许多令人热血沸腾的黄河故事，培育了敢为人先、百折不挠、忘我奉献、勇攀高峰的筑坝精神。

一条河　一个梦

河是母亲河，哺育中华民族，孕育中华文明。

梦是安宁梦，祈愿岁岁安澜，祈福国泰民安。

黄河，西起巴颜喀拉山，东入渤海，北抵阴山，南达秦岭，横跨青藏高原、内蒙古高原、黄土高原和华北平原四个地貌单元、三级地形阶梯，流经青海、四川、甘肃、宁夏、内蒙古、山西、陕西、河南、山东九个省（区），流域面积 75 万平方公里，全长 5464 公里，是我国第二大河，也是世界第五大河。黄河中上游以山地为主，下游以平原、丘陵为主，在流经土质疏松的黄土高原地区时，挟带了大量泥沙，因而成为世界上含沙量最高的大河。早在战国时代，人们就曾用“浊河”来称呼黄河，到了唐代正式称为“黄河”。

长期以来，由于自然灾害频发，特别是水害严重，给沿岸百姓带来深重灾难。历史上，黄河三年两决口、百年一改道。据统计，从先秦到新中国成立前的 2500 多年间，黄河下游共决溢 1500 多次，改道 26 次，北达天津，南抵江淮。1855 年，黄河在兰考县

东坝头附近决口，夺大清河入渤海，形成了现行河道。封建社会战争和军阀混战时期，更是人为导致黄河决口12次。1938年6月，国民党军队难以抵抗日军机械化部队西进，蒋介石下令扒决郑州花园口大堤，导致44个县（市）受淹，受灾人口1250万，5400平方公里黄泛区饥荒连年，当时灾区的悲惨状况可以用“百里不见炊烟起，唯有黄沙扑空城”来形容。

“黄河宁，天下平。”从某种意义上讲，中华民族治理黄河的历史也是一部治国史。自古以来，从大禹治水到潘季驯“束水攻沙”，从汉武帝“瓠子堵口”到康熙帝把“河务、漕运”刻在宫廷的柱子上，中华民族始终在同黄河水旱灾害作斗争。但是，长期以来，受生产力水平和社会制度的制约，再加上人为破坏，黄河屡治屡决的局面始终没有根本改观，黄河沿岸人民的美好愿望一直难以实现。

新中国成立后，党和国家对治理开发黄河极为重视，把它作为国家的一件大事列入重要议事日程。在党中央坚强领导下，在毛主席“要把黄河的事情办好”的伟大号召下，黄河的治理保护工作开启了新纪元。

一个梦　一座坝

为根治黄河水害、开发黄河水利，三门峡水利枢纽工程应运而生。工程横亘中条山、崤山之间，扼据三门天堑，巧锁浊浪于中游，是国家领导人亲自参与，经第一届全国人民代表大会第二次会议批准建设，“一五”计划时期苏联援建中国156项重点工程中唯一的水利项目；是新中国成立后在黄河干流上兴建的第一座大型水利枢纽工程，被誉为“万里黄河第一坝”，也是“万年黄河第一坝”。

1957年4月13日，三门峡水利枢纽工程正式开工建设。《人民日报》头版头条以《征服黄河的开端——举国瞩目的黄河三门峡水利枢纽工程正式开工》为题进行了报道，并发表社论《大家都来支援三门峡啊！》。这是《人民日报》第一次为一个工程发表社论，吹响了全国人民支援三门峡水利枢纽工程建设的集结号。来自中央机关以及豫、鲁、鄂、闽等省的优秀干部，来自淮河梅山、北京官厅、东北丰满、四川狮子滩等水电工地的精干水电工人，来自豫、鲁、冀 3 省农业战线的青壮劳力，来自大专院校的青年学生等，2 万多名建设者以最快速度在三门峡聚集，掀起了全国支援工程建设的热潮。

广大建设者在党中央坚强领导下，发扬艰苦创业的精神，用最短的时间、最高的质量，提前一年零十个月，于 1961 年 4 月建成了这座长 713 米、高 106 米的混凝土重力坝，创造了在世界上独一无二的多泥沙河流上修筑大坝的历史，也创造了无数至今仍让人惊叹的工程奇迹和创新成果。

黄河是世界上含沙量最高的河流，黄河难治，根在泥沙。三门峡水利枢纽工程建成初期，由于对水库运用缺乏经验，对来水来沙情况估计不足而出现泥沙淤积问题，先后于 1965 年和 1969 年进行了两次大的改建，分别增建了“两洞四管”，打开了 12 个施工导流底孔，安装了 7 台发电机组，增大了泄流能力。水库运用方式经历了从“蓄水拦沙”到“滞洪排沙”，再到“蓄清排浑”的探索转变。汛期泄洪排沙、非汛期蓄水的独特的“蓄清排浑”运用方式，变水沙不平衡为水沙相适应，实现了整个库区泥沙年内进出平衡，丰富和发展了泥沙科学，为国内外多泥沙河流的治理提供了宝贵经验。该运用方式已被黄河小浪底、万家寨、长江葛洲坝、三峡等水利工程成功借鉴。可以说，没有三门峡水利枢纽工程的实践，就没有“蓄清排浑”为主要内容的水沙调节理论。三门峡水利枢纽工程是世界多泥沙河流治理的开拓者和探路先锋。

通过工程改建和水库运用方式调整，潼关河床高程下降，三门峡水库库容恢复到60亿立方米左右，三门峡水利枢纽发挥了巨大的防洪、防凌、灌溉、供水、发电、减淤、生态等综合效益。防洪：防御了6次1万立方米每秒以上的洪水，削减了洪峰流量，减轻了下游堤防负担和漫滩淹没损失；防凌：战胜了较重的3次凌汛和比1951年更为严重的3次凌汛，下游河道由“武开河”变为“文开河”，由人为破冰为主发展到以水库调节河道流量为主的防凌新阶段；灌溉：大大提高了下游引水的保证率，促进了引黄灌溉事业的较大发展，对改变沿黄地区的面貌发挥了显著作用；供水：为黄河下游沿河城市和胜利油田、中原油田提供了可靠水源，向天津、青岛等地供水，促进了地方经济社会发展；发电：成为华中电网骨干电站之一，提供了源源不断的清洁能源，缓解了供电紧张状况；减淤：提高了下游水流的输沙能力，增大了排沙入海的比例；生态：形成了独特的生态系统和自然环境，每年数万只白天鹅飞临库区越冬，造就了黄河上的“天鹅湖”。

三门峡水利枢纽作为根治黄河水害、开发黄河水利的第一期工程，不可否认，由于对多泥沙河流规律认识的局限性，走过漫长曲折的探索之路。但经过几次“调方”和“妙手”医治之后，三门峡水利枢纽发挥出了应有的作用。毋庸质疑，三门峡水利枢纽成为了医治黄河躯体乖张、性格暴虐的“对症良器”，是解决黄河泥沙“疑难杂症”的“千金良方”。它的建设和成功运用，结束了黄河“千年之忧患”，探索出了多泥沙河流治理之道，为维护黄河健康生命提供了保障。黄河岁岁安澜，是中华民族的千年梦想。自从三门峡水利枢纽建成运用以后，确保了黄河下游岁岁安澜，千里大堤安然无恙。千年梦想，终于在中国共产党的领导下变成了生动现实！两院院士潘家铮评价：“三门峡工程像是一座纪念碑，在这座纪念碑上，刻下了中国人民治理黄河的迫切愿望和坚定信念，刻下了为探索治黄所走过的曲折道路，刻下了为挽回败局所进行的艰苦斗争，也刻下了留给人民的宝贵经验和光明前景。”习近平总书记指出：“实践证明，只有在中国共产党领导下，发挥社会主义制度优势，才能真正实现黄河治理从被动到主动的历史性转变，从根本上改变黄河三年两决口的惨痛状况。”

一座坝　一摇篮

三门峡水利枢纽工程凝聚着党和国家领导人的关心支持，倾注着我国几代水利水电建设者的青春与智慧、心血与汗水，得到了全国人民的大力支援。

1952 年至 1955 年，毛主席 4 次听取治黄工作汇报，曾多次论及建设三门峡水利枢纽对根治黄河的重要性和可行性。新中国成立后，毛主席第一次出京巡视即选择了黄河，并发出了“要把黄河的事情办好”的伟大号召。他指出，历代王朝都治黄河，但都没有治好，我们共产党人一定要把黄河治理好。

周恩来总理对三门峡水利枢纽，从酝酿决策到规划编制，从技术设计到机构组建，从开工建设到两次成功改建，都倾注了巨大的心血。1958 年 4 月、1959 年 10 月和 1961 年 10 月，他曾 3 次亲临三门峡水利枢纽工程建设现场，在工地度过了 8 个日夜。并在三门峡和北京主持召开 2 次专题会议，做出了关系工程建设大计的重要决策。作为一个国事繁忙的大国总理，实属罕见。

刘少奇、朱德、董必武、邓小平、李先念、彭真、陈云、陈毅、李富春、聂荣臻、邓颖超、罗荣桓、陶铸、班禅额尔德尼·确吉坚赞、帕巴拉·格列朗杰等第一代党和国家领导人，都曾先后亲临三门峡水利枢纽工程建设工地视察，关心关注工程建设。时任国务院副总理彭德怀和秘书长习仲勋还亲自参与了三门峡水利枢纽工程建设问题的讨论会，并在会上发表了真知灼见。郭沫若、郭小川、冰心、贺敬之、何其芳、吴作人、魏巍等社会名人也曾来三门峡水利枢纽工程参观考察，并创作了大量歌颂三门峡水利枢纽工程及其建设者的文学艺术作品。

三门峡水利枢纽是当时新中国修建规模最大、技术最复杂、机械化水平最高的水利水电工程，在没有前人经验借鉴的情况下，在当时综合国力还相当贫弱的历史条件下，在苏联专家中途撤退的艰难处境下，参加工程建设的工人、干部、知识分子，展现出艰苦奋斗、自力更生的拼搏精神，严字当头、质量第一的工作作风，以及不怕曲折、科学进取的求实态度，积累了弥足珍贵的精神财富。工程建设和改建期间，成功研制了多种新材料、新工艺，破解关键性技术难题的“三门峡钢叠梁特种深水围堰”荣获了国家科技进步奖一等奖。清华大学水利系曾迁至三门峡办学长达九年之久，进行教学、实践和科研三结合，取得了许多重大成果，为三门峡水利枢纽工程的成功改建做出了积极贡献。

三门峡水利枢纽工程的建设，锻炼了一支近两万人能打硬仗的水利水电工程施工管理和技术队伍。时任国家副主席董必武视察三门峡水利枢纽工程后，成诗《观三门峡枢纽工程》四章，并为建设者写下了“功迈大禹”的题词。1959 年 6 月 5 日至 6 日，时任国务院副总理兼秘书长的习仲勋视察三门峡水利枢纽工程，将一路考察的感受、发现的问题及解决办法给周恩来总理写了一封长信。信中说：“他们是一支有现代装备的又经过严格锻炼的工程队伍，太宝贵了，国家应该把它用在必要攻取的重点方面。”从 1958 年到 1965 年，成长起来的三门峡水电建设大军，足迹遍及 20 多个省、自治区、直辖市，建设了 18 座大型水库和发电站。据不完全统计，经过三门峡水利枢纽工程洗礼而成长起来的省部级干部有 12 人，司局级干部 380 多人，高级工程师、教授级高级工程师近千人。三门峡水利枢纽工程因此被誉为“新中国水电建设的摇篮”。

一摇篮　一文化

今天，人民治黄事业进入新时代，黄河正在谱写幸福河的新乐章。

党的十八大以来，习近平总书记多次深入黄河流域考察调研，对黄河流域生态保护治理提出了明确要求，为黄河流域高质量发展指明了方向。2019 年 9 月 18 日，习近平总书记在郑州主持召开黄河流域生态保护和高质量发展座谈会，发出了“让黄河成为造福人民的幸福河”的伟大号召，并指出：“黄河文化是中华文明的重要组成部分，是中华民族的根和魂。要推进黄河文化遗产的系统保护，守好老祖宗留给我们的宝贵遗产。要深入挖掘黄河文化蕴含的时代价值，讲好‘黄河故事’，延续历史文脉，坚定文化自信，为实现中华民族伟大复兴的中国梦凝聚精神力量。”

九曲黄河十八弯，一方水土一方人。从夸父逐日、黄帝铸鼎、禹开三门的美丽传说，到召公问政、魏野跑驾、杨震“四知”的历史佳话；从仰韶村现代考古发端地，到庙底沟文化的华夏之花；从老子著经、达摩西归的宗教哲学思想，到智慧人生的完璧归赵、白马非马；从终军弃繻的个人意志体现，到中流砥柱的中华民族精神象征……黄河孕育了崤函大地璀璨夺目的历史文明，也积淀了丰富厚重的三门峡文化。黄河三门峡和三门峡水利枢纽因其多姿多彩的历史传说、灿若星河的文艺创作、全国支援的重大影响、治河开端的历史地位、艰苦创业的宝贵精神等，形成了独具特色的工程文化，构成了黄河文化、三门峡文化的重要组成部分。

为讲好黄河故事，系统总结黄河三门峡历史，大力弘扬黄河文化和黄河三门峡文化，凝聚力量，启迪智慧，作为三门峡水利枢纽管理者和黄河安澜守护者的明珠集团，启动了黄河三门峡水利枢纽文化丛书整理编纂工作。通过广泛收集资料，并在浩若繁星的史料中认真甄选，精心编排，分类成册，形成了黄河三门峡水利枢纽文化丛书（简称丛书）。丛书总计十册，陆续出版。各分册分别从党和国家领导人的关心关怀、《人民日报》等重大媒体的聚焦报道、历代文人墨客的吟咏创作、中外水利专家的探索论证等不同角度进行编选，力求立体化地呈现三门峡水利枢纽工程建设的“前世今生”和党领导人民治理黄河的丰功伟绩，全方位展示黄河三门峡的红色基因之美、黄色根基之美、绿色生态之美、中流砥柱精神之美、水电建设者的摇篮之美、“万里黄河第一坝”之美，为黄河文化宝库献出绵薄之力。

文化是一个国家、一个民族的灵魂。在伟大的中国共产党成立 100 周年之际，在走进新时代、开启新征程的历史时刻，在黄河流域生态保护和高质量发展成为重大国家战略的重要机遇期，在深入推进党史学习教育的关键节点，出版三门峡水利枢纽文化丛书，应该说恰逢其时。丛书的出版发行，旨在以书为媒，彰显中国共产党的初心使命；旨在以史为鉴，凸显中国共产党人的历史担当；旨在以坝为镜，昭显中国共产党的治河伟绩。我想，这对于保护传承弘扬黄河文化、讲好黄河故事、坚定文化自信是积极而有益的。

是为序。

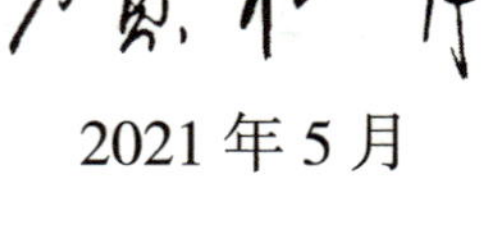

2021 年 5 月

前　言

黄河宁，天下平。

从某种意义上讲，中华民族治理黄河的历史也是一部治国史。1952 年 10 月，毛泽东主席首次离京视察就选择了黄河，并发出了“要把黄河的事情办好”的伟大号召。五年弹指一挥间。1957 年 4 月 13 日，举世瞩目的黄河三门峡水利枢纽开工建设，党领导的人民治黄事业掀开了全新篇章。

三门峡水利枢纽是最先承载国人“俟河之清”“河清海晏”千年一梦的“探路先锋”工程，其探索过程之漫长、建设过程之火热、运行过程之曲折，集中展现了党领导下的人民治黄事业从胜利走向胜利的光辉历程。可以说，三门峡水利枢纽的建设与管理，是一部党领导人民不断探索、认识、掌握、运用规律的治黄实践史，也是一部人民群众与黄河洪水泥沙顽强斗争并不断取得成功的奋斗史。

作为黄河梯级开发的重要组成部分，三门峡水利枢纽在经历过兴建、改建和运用方式的三次调整之后，不断焕发出新的生机。60 多年来，在黄河防洪、防凌、灌溉、供水、发电、减淤和生态环境保护等方面发挥了巨大作用，成为黄河防洪减淤体系、水沙调控体系中极其重要的一环，为中华人民共和国水利水电事业发展积累了宝贵经验，不仅被誉为“万里黄河第一坝”，更被称为“新中国水电建设的摇篮”。

而今，黄河流进新时代。2019 年 9 月 18 日，黄河流域生态保护和高质量发展座谈会在郑州召开，习近平总书记发出了“让黄河成为造福人民的幸福河”的伟大号召，万里黄河处处绽放出勃勃生机。

文化自信是更基础、更广泛、更深厚的自信，是更基本、更深沉、更持久的力量。三门峡黄河明珠（集团）有限公司作为三门峡水利枢纽的守护者，深入贯彻落实习近平总书记关于治水工作的重要讲话精神，大力推进保护传承弘扬黄河文化，黄河三门峡水利枢纽文化丛书编纂工作应势启动。丛书分册收录整理了与三门峡水利枢纽相关的诗词歌赋、历史故事，以及建设管理过程中的新闻消息、图片资料、技术论文等，力求从不同的角度深度发掘和反映历史面貌，真实还原三门峡水利枢纽的发展历程，全景展现中国共产党带领人民治理黄河的丰功伟绩。

《诗话黄河三门峡》为黄河三门峡水利枢纽文化丛书分册之一。本书以历史发展顺序为主线，以黄河三门峡元素为展现主题，精心撷取自古至今有关黄河三门峡、黄河三门峡水利枢纽的诗词、散文、影视、美术、书法等作品近百篇（幅）进行展现，为社会各界从文学艺术角度了解黄河、了解三门峡、了解三门峡水利枢纽提供了有益帮助。黄河三门峡历史悠久，文学艺术作品众多，但从浩如烟海的文献典籍中寻觅、收集和整理、编辑符合主题要求和具有代表性的文学艺术作品，并进行去伪存真、去粗取精的选择，绝非易事。

黄河三门峡水利枢纽文化丛书编写工作得到了陕西李仪祉纪念馆、河南省图书馆、黄河水利委员会《黄河志》总编辑室、中共三门峡市委党史研究室、中国水利水电第十一工程局有限公司、苏州吴作人艺术馆等单位和部门的大力支持与配合，在此一并表示感谢。

由于时间仓促、水平有限，其中有许多不足之处，恳切希望广大读者多提宝贵意见，以便更好地改进提高。

编　者

2021 年 5 月

目　录

第一篇　古诗词

第二篇　近现代诗歌

第三篇 散 文

第四篇 美术、音乐、影视及书法作品

美术作品

音乐作品

影视作品

书法作品

第一篇

古诗词

渡黄河

［南朝·梁］　范　云

河流迅且浊，汤汤[1]不可陵[2]。
桧楫[3]难为榜[4]，松舟才自胜。
空庭偃[5]旧木，荒畴余故塍[6]。
不睹行人迹，但见狐兔兴[7]。
寄言河上老[8]，此水何当澄[9]？

【作者简介】

范云（451—503年），字彦龙，南乡郡舞阴县（今河南泌阳）人，南朝梁大臣，曾任散骑侍郎、吏部尚书等职。著名文学家，据《梁书》本传记载，著有文集三十卷。

【注释】

① 汤汤（shāng）：水势浩大。

② 陵：超越，越过。

③ 桧（guì）楫：桧木做的桨。桧为坚硬木材，桧楫为船桨极坚固。

④ 榜：船桨。

⑤ 偃：倒伏。

⑥ 故塍（chéng）：过去的田埂。

⑦ 兴：作，这里指狐兔奔跑。

⑧ 河上老：古时高士，即河上公，黄老哲学的集大成者，方仙道的开山祖师。据葛洪《神仙传》载：河上公为汉文帝时人，因其在黄河上漂流不死，到陕被人救出得名河上公。此后，河上公便在黄河岸边结草为庵，曾为老子的《道德经》作注。

⑨ 澄：清。传说黄河千年一清，河清则天下太平。

从周入齐夜度砥柱

［北朝·齐］　颜之推

侠客重艰辛，夜出小平津①。
马色迷关吏，鸡鸣起戍人。
露鲜华剑彩，月照宝刀新。
问我将何去，北海就孙宾。

【作者简介】

颜之推（531—约 597 年），字介，生于江陵（今湖北江陵），祖籍琅琊临沂（今山东临沂），中国古代文学家、教育家。颜之推博学多识，一生著述甚丰，所著书大多已亡佚，今存《颜氏家训》和《还冤志》两书，《急就章注》《证俗音字》和《集灵记》有辑本。

【注释】

① 小平津：古黄河津渡名，在今河南孟津东北，东汉曾置关戍守。

陕州咏

［唐］ 李世民

碧原开雾隰①，绮岭峻霞城。
烟峰高下翠，日浪浅深明。
斑红妆蕊树，圆青压溜荆。
迹岩劳傅②想，窥野访莘③情。
巨川何以济，舟楫④伫时英。

【作者简介】

李世民（598—649年），唐太宗，祖籍陇西狄道，是唐高祖李渊和窦皇后的次子，唐代第二位皇帝，杰出的政治家、战略家、军事家、诗人。

【注释】

① 隰（xí）：低下之湿地。

② 劳傅：殷高宗武丁由于梦兆在傅岩之野得到贤相傅说，见《史记·殷本纪》。后用作起用贤才的典故。

③ 访莘：相传商汤曾聘用伊尹于有莘国之野，伊尹遂出而佐汤。见《史记·殷本纪》。后用以咏君主访贤。

④ 舟楫：比喻济世良臣。《商书·说命上》载殷高宗命傅说为相之辞：“若济巨川，用汝作舟楫。”

砥柱山铭

［唐］　李世民

仰临砥柱①，
北望龙门。
茫茫禹②迹，
浩浩长春。

【注释】

① 砥柱：山名，屹立于河南三门峡以东的黄河急流中，形象像柱，亦作“底柱”。20 世纪 50 年代之前，黄河自然流淌，在三门峡形成了神门、人门和鬼门的三道河门。那时候，河水惊涛拍岸，到了汛期，黄汤一样的泥水怒吼着由上游倾泻而下，在三道河门里横冲直撞，一旦在此行船，便会造成船翻人亡的后果。然而，就在三门的下侧，一座山形巨石横立河中，将汹涌的河水拦于自己的脚下。河水遇到它，便突然温顺起来，河床变宽，留下一片平静的河滩，人们在此歇船避汛。于是，人们非常感激这座石山，以它敢挡波涛的勇气和力量，称它为“中流砥柱”。后来，人们将“中流砥柱”作为中华民族不屈精神的象征。

② 禹：夏后氏首领，传说为帝颛顼的后代。大禹是我国传说时代与尧、舜齐名的贤圣帝王，他最卓著的功绩就是治理滔天洪水，又划定中国国土为九州，并铸造象征最高权力的“九鼎”。后人称他为大禹，也就是伟大的禹的意思。

秋日还京陕西十里作

［唐］ 薛 稷

驱车越陕郊，北顾临大河。
隔河望乡邑，秋风水增波。
西登咸阳途，日暮忧思多。
傅岩①既纡郁，首山②亦嵯峨。
操筑无昔老，采薇有遗歌。
客游节回换，人生知几何。

【作者简介】

薛稷（649—713 年），字嗣通，蒲州汾阴（今山西万荣）人，唐代大臣、书画家。工于书法，与褚遂良、欧阳询、虞世南并列“初唐四大书法家”，代表作《信行禅师碑》。善于绘画，长于人物、佛像、树石、花鸟，精于画鹤，有《啄苔鹤图》等作品传世。

【注释】

① 傅岩：在今山西省平陆县，相传傅说为胥靡，于此版筑。殷高宗武丁拔之为相。诗人怀古伤今，故下文说“操筑无昔老”。

② 首山：在今山西省永济市南中条山。伯夷、叔齐在殷亡之后，耻食周粟，在首山采薇充饥，不久饿死，《诗经》因有《采薇》诗。诗人下文说“采薇有遗歌”，言外之意是说后世早已没有这样的人了，亦寓讽今之意。

奉和圣制经函谷关作①

［唐］ 张九龄

函谷虽云险，黄河已复清。
圣心无所隔，空此置关城。

【作者简介】

张九龄（678—740 年），字子寿，一名博物，韶州曲江（今广东韶关）人。景龙初年进士，唐玄宗时历任中书侍郎、中书门下平章事、中书令，是唐代有名的贤相。开元二十四年（736 年）为李林甫所谮，罢相。其《感遇诗》以格调刚健著称，著有《曲江集》。

【注释】

① 函谷关：西据高原，东临绝涧，南接秦岭，北塞黄河，是中国历史上建置最早的雄关要塞之一，紧靠黄河岸边，因关在谷中、深险如函，故称函谷关。

古风五十九首（其四十）①

［唐］ 李 白

凤饥不啄粟，所食唯琅玕②。
焉能与群鸡，刺蹙③争一餐。
朝鸣昆丘④树，夕饮砥柱湍。
归飞海路远，独宿天霜寒。
幸遇王子晋，结交青云端。
怀恩未得报，感别空长叹。

【作者简介】

李白 (701—762 年)，字太白，号青莲居士。是屈原之后最具个性特色、最伟大的浪漫主义诗人。有“诗仙”之美誉，与杜甫并称“李杜”。其诗以抒情为主，表现出蔑视权贵的傲岸精神，对人民疾苦表示同情，又善于描绘自然景色，表达对祖国山河的热爱。诗风雄奇豪放，想像丰富，语言流转自然，音律和谐多变，善于从民间文艺和神话传说中汲取营养和素材，构成其特有的瑰玮绚烂的色彩，达到盛唐诗歌艺术的巅峰。存世诗文千余篇，有《李太白集》三十卷。

【注释】

①《古风五十九首》是唐代诗人李白的组诗作品。这五十九首诗的内容主要承接阮籍《咏怀》、陈子昂《感遇》的传统，或言抱负，或咏古伤今，或讽刺现实。全诗以三代以来的“世道之治乱”为基本主题，反映出李白在诗学上并不是简单地附合当时推崇建安的流行风气，而是努力上溯风骚、尊复风雅，深化了初、盛唐以来的复古诗学。每首诗在主题、立意、风格及诗学渊源上都表现出整体性的特征。

此诗为第四十首，塑造了一个孤高不群的凤的形象，以此喻清贵贤士

羞于与龌龊庸俗之徒争名夺利，即便历尽艰辛，终不肯易其节，而与君子为伍，临别有怀恩未报之憾。约写于天宝三载（744 年），可能是遭馋谮后的激愤之作，表示不与群小争官禄。诗中提到的王子晋有可能暗指元丹丘、玉真公主等人，李白有可能是通过他们得到举荐的，或者是指济南北海天师高如贵，李白是经过他入的道籍。

② 琅玕：中国神话传说中的仙树，比喻珍贵、美好之物。

③ 刺蹙：劳碌不休。

④ 昆丘：昆仑山。

题河上亭

［唐］ 姚 合

亭亭河上亭，鱼踯①水禽鸣。
九曲②何时尽，千峰今日清。
晨光秋更远，暑气夏常轻。
杯里移樯影，琴中有浪声。
岸沙连砌静，渔火入窗明。
来此多沉醉，神高无宿酲③。

【作者简介】

姚合（771—845年），陕州峡石（今河南三门峡陕州区南）人，唐代诗人。元和进士，授武功主簿，官秘书少监。世称姚武功，其诗派也称“武功体”。所作诗篇多写个人日常生活和自然景色。喜为五律，刻意求工，颇类贾岛，故“姚贾”并称。其诗为宋江湖派诗人所师法。

【注释】

① 踯：徘徊，蹬踢。常用词“踯躅”。

② 九曲：言黄河河道之曲折，此处代指黄河。

③ 宿酲（chéng）：醉酒后经夜未醒。此句是说在河上亭领略黄河风光，使人心旷神怡。

陕州河亭雪后眺望①

［唐］ 刘禹锡

雪霁太阳津②，城池表里春。
河流添马颊③，原色动龙鳞。
万里独归客，一杯逢故人。
登高向西望，关路正飞尘。

【作者简介】

刘禹锡（772—842年），字梦得，洛阳人，自称“家本荥上，籍占洛阳”，又自言系出中山，唐代文学家、哲学家，有“诗豪”之称。与柳宗元并称“刘柳”，与韦应物、白居易合称“三杰”，并与白居易合称“刘白”，有《陋室铭》《竹枝词》《杨柳枝词》《乌衣巷》等名篇。

【注释】

① 河亭：河上亭。据《陕县志》记载，河上亭在陕州城西门外黄河滨，盖太阳渡之旁高敞处也。

② 太阳津：指太阳渡，在陕州古城西门外（今河南三门峡陕州公园内）。

③ 马颊：大禹治水时，在黄河下游疏通九条河，其中之一叫“马颊”，因其“河势上广下狭，状如马颊”，故名。此处借指黄河，意为大雪过后，河水的流量增大了。

寄陕州姚中丞①

［唐］　刘禹锡

八月天气肃，二陵风雨收。
旌旗阙下来②，云日关东秋。
禹迹③想前事，汉台馀故丘。
徘徊襟带地，左右帝王州。
留滞悲昔老，恩光荣彻侯。
相思望棠树，一寄商声讴。

【注释】

① 姚中丞：指姚合，唐代人，曾任监察御史等职。陕州（今河南三门峡陕州区）人，宰相姚崇曾侄孙。

② 旌旗阙下来：此句指姚中丞从京城到陕州。

③ 禹迹：此指大禹。

砥　柱

［唐］　柳公权

禹凿锋鈚①后，巍峨直至今。
孤峰②浮水面，一柱钉波心。
顶压三门③险，根随九曲深。
柱天形突兀，逐浪势浮沉④。
岸响秋涛射，祠斑夜涨侵。
喷香龙上下⑤，刷羽鸟登临。
只有尖迎日，曾无柱影阴。
旧碑文字在，遗事可追寻。

【作者简介】

柳公权（778—865 年），字诚悬，京兆华原（今陕西耀州区）人。精于书学，以楷书著称，自创独树一帜的“柳体”，以骨力劲健见长，后世有“颜筋柳骨”的美誉。与颜真卿齐名，人称“颜柳”，又与欧阳询、颜真卿、赵孟頫并称“楷书四大家”。柳公权亦工诗，《全唐诗》存其诗五首，《全唐诗外编》存诗一首。

【注释】

① 鈚（pī）：一种箭头宽而薄的箭。

② 孤峰：指突出水面的砥柱山。

③ 三门：三门山。黄河至此分流，包山而过。鬼门居南，水流激猛，不可渡；神门居中，狭不容身；人门在北，正常水位可渡。

④ 浮沉：在水面上出没。据说砥柱不会被河水淹没，随黄河水涨落浮露水面。

⑤ 喷香龙上下：此句是说龙曾在三门山上越过的传说。

九日登望仙台呈刘明府①

［唐］ 崔 曙

汉文皇帝有高台②，此日登临曙色开。
三晋云山皆北向，二陵③风雨自东来。
关门令尹④谁能识，河上仙翁去不回。
且欲近寻彭泽宰⑤，陶然共醉菊花杯。

【作者简介】

崔曙（生卒年份不详），一名崔署，宋州（今河南商丘）人，原籍博陵（今河北安平），唐代文学家、诗人。喜交游，与薛据等友善，是“大历十才子”之一崔峒的堂兄。

【注释】

① 九日：指农历九月九日重阳节，是日古人有登高之举。望仙台：位于陕州古城西门外的黄河边（今河南三门峡陕州公园内），今已不存。明府：唐代人对县令的敬称。

② 高台：望仙台。

③ 二陵：指崤之南北二陵。

④ 关门令尹：指函谷关尹喜。

⑤ 彭泽宰：本指陶渊明，陶曾作彭泽令。宰即县令，借指刘明府。

秋霁草堂闲望①

［宋］ 魏 野

草堂高迥胜危楼，时节残阳向晚秋。
野色青黄禾半熟，云容黑白雨初收。
依依永巷闻村笛，隐隐长河②认客舟。
正是诗家好风景，懒随前哲却悲愁。

【作者简介】

魏野（960—1020 年），字仲先，号草堂居士。原为蜀地人，后迁居陕州（今河南三门峡陕州区），北宋诗人。诗效法姚合、贾岛，苦力求工，但诗风清淡朴实，并没有艰涩苦瘦的不足。他一生清贫，却又不随波逐流，为后人称道。代表诗作有《寻隐者不遇》等。

【注释】

① 霁：雨后初晴。魏野于陕之城东三里许建有草堂。

② 长河：指黄河。

茅津渡①

［宋］ 魏 野

数点归鸦啼远树，人行欲尽夕阳路。②
暮霭③还生竹坞村，西风乍起茅津渡。
颙昂④三两待舡⑤人，立赛⑥扶筇⑦望水滨。
忽见炉中烟一缕，只应炊稻烹霜鳞⑧。

【注释】

① 茅津渡：古黄河津渡名，位于距今三门峡市区四公里处，隔河与山西省平陆县古茅津渡相对。

② 首联两句：写的是正当夕阳西下的时候，几只归鸦在树上啼叫，几个行人还在匆匆赶路。

③ 暮霭（ǎi）：黄昏时的烟雾。

④ 颙（yóng）昂：昂头仰望的样子。

⑤ 舡（chuán）：同“船”。

⑥ 赛：指赛社，古人农事毕后，陈酒食以祭田神，相与饮酒作乐。

⑦ 扶筇（qióng）：扶杖。筇：竹名，可作手杖。

⑧ 霜鳞：白色的鱼。这两句通过写炉中一缕烟，煮饭烹鱼一阵香，反衬出行人急欲渡河归家的烦恼。

书河上亭壁（其三）①

［宋］ 寇 准

岸阔樯稀波渺茫，独凭危②槛思何长。
萧萧③远树疏林外，一半秋山带夕阳。

【作者简介】

寇准（961—1023 年），字平仲，华州下邽（今陕西渭南）人。北宋政治家、诗人。善诗能文，七绝尤有韵味，有《寇忠愍公诗集》三卷传世。与白居易、张仁愿并称“渭南三贤”。

【注释】

①《书河上亭壁》共四首，分写四季之景，此写秋。诗前有序，云：“予顷从穰下，移莅河阳，洎出中书，复领分陕。惟兹二镇，俯接洛阳，皆山河襟带之地也。每凭高极望，思以诗句状其景物，久而方成四绝句，书于河上亭壁。”

② 危：高耸貌。

③ 萧萧：草木摇落声。

黄　河

［宋］　梅尧臣

少本江南客，今为河曲①游。
岁时忧漾溢②，日夕见奔流。
啮岸侵民壤③，飘槎阁雁洲④。
峻门波作箭⑤，古郡铁为牛⑥。
极目高飞鸟，身轻不系舟⑦。
寒冰狐自听⑧，源水使尝求⑨。
密树随弯转，长罾刮浪收。
如何贵沉玉⑩，川秩是诸侯⑪。

【作者简介】

梅尧臣（1002—1060 年），字圣俞，世称宛陵先生，安徽宣城人，北宋时期官员，现实主义诗人。少即能诗，与苏舜钦齐名，时号“苏梅”，又与欧阳修并称“欧梅”。为诗主张写实，所作力求平淡、含蓄，被誉为宋诗的“开山祖师”。曾参与编撰《新唐书》，并为《孙子兵法》作注。著有《宛陵集》及《毛诗小传》等。

【注释】

① 河曲：指黄河。

② 岁时：指秋天收获的季节。漾溢：泛滥。

③ 啮（niè）岸：侵蚀河岸。民壤：农田。

④ 雁洲：水中沙洲。

⑤ 峻门：指黄河在风陵渡以上的龙门（亦称禹门）、以下的三门峡，都因两岸峭壁如门而得名。因水流甚急，故说“波作箭”。

⑥ 古郡：蒲州府城，在今山西永济。铁为牛：唐开元十二年（724 年），为维系黄河浮桥，在蒲州城西门外黄河两岸上，各造铁牛四只来固定桥位，俗称“开元铁牛”。

另据唐陆长源《辨疑志》：“陕州城南有铁牛……俗传陕州北临大河，无此牛即城不复立。”

⑦ 不系舟：行驶中的船。

⑧ 寒冰狐自听：狐狸性多疑，每渡水，且听且渡。写的是黄河冬天被冰封的情景。

⑨ 源水：源头的水。使：使者。汉武帝时派张骞出使西域，张骞在西域曾探求过黄河之源。

⑩ 沉玉：汉武帝时，黄河决口于瓠子河，武帝曾发卒数万筑塞并亲临黄河沉白马玉璧。

⑪ 川：指黄河。秩：官位的品级。诸侯：天子分封的各国国君。《礼记·王制》曰：“天子祭天下名山大川，五岳视三公，四渎视诸侯。”黄河为四渎之一，故位同诸侯。尾联的意思是：为什么要用沉玉来祭祀呢？因为黄河的品级同诸侯相同啊！

河边晓望

［宋］ 司马光

高浪奔崩①卷白沙，
悠悠极望入天涯。
谁能脱落尘中意，
乘兴东游坐石槎②。

【作者简介】

司马光（1019—1086年），字君实，号迂叟，陕州夏县（今山西夏县）涑水乡人，世称涑水先生。北宋史学家、文学家。主持编纂了中国历史上第一部编年体通史《资治通鉴》。

【注释】

① 奔崩：形容巨浪奔腾，势如山崩地裂。

② 槎（chá）：用竹木编成的筏。石槎：此处指传说之仙槎。

谒三门禹祠（其一）[1]

［宋］ 司马光

信[2]矣禹功美，独兼人鬼谋[3]。
长山忽中断[4]，巨浸[5]失横流[6]。
迹与天地久，民无鱼鳖忧[7]。
谁能报盛德，空尔[8]荐[9]醪[10]羞[11]。

【注释】

① 谒：拜谒。禹祠：相传古代洪水泛滥，大禹劈开三门、疏导河水东流，故后人在河边建起禹庙以表纪念。

② 信：确信。

③ 独兼人鬼谋：禹智谋超人。此处暗用“神门、人门、鬼门”的神话传说。

④ 长山忽中断：大禹治水时劈断大山，开凿三门。

⑤ 巨浸：指黄河。

⑥ 失横流：洪水不得四处泛滥。

⑦ 民无鱼鳖忧：《左传·昭公元年》刘定公说：“微禹，吾其鱼乎！”（没有禹的治水，我们会成为鱼吧！）。后人因称被水淹死为“化为鱼”。这句诗是说，百姓不再为洪水之泛滥丧身而担忧了。

⑧ 空尔：徒然。

⑨ 荐：进献。

⑩ 醪：浊酒。

⑪ 羞：同“馐”，美好的食品。“空尔荐醪羞”这句诗是说：后人进献祭品，大禹未必能知道。言外之意是：只要心中铭记大禹的盛德就行了，用不着进献祭品。

谒三门禹祠（其二）

［宋］　司马光

赑屃①青崖裂，喧豗②白浪豪。
客舟浮木叶，生理脱鸿毛。③
柏映孤峰④短，铭书⑤绝壁高。
河师⑥不耕织，容易戏风涛。

【注释】

① 赑屃（bì xì）：亦作“赑屃”，用力貌，是蠵龟的别称。碑下的石座，习惯雕作赑屃的形状，也取其力大能负重之意。

② 喧豗（huī）：轰响声。

③ 颔联两句：小船像树叶一样漂流，生命像鸿毛一样丢掉。

④ 孤峰：指砥柱山。

⑤ 铭书：此指镌刻在岩石上的文字。

⑥ 河师：此指船工、渔人。

砥柱四首

［宋］　范祖禹

黄河倾落九天来，砥柱三山立欲摧。
崖谷吐吞成雾雨，蛟龙战门作风雷。

巨灵赑屃两山开，东放黄河万里来。
地轴横斜争斡转，天维欹侧恐倾摧。

禹开砥柱放河奔，浊浪轩轩日月昏。
唯有三门君不见，惊波一起动乾坤。

砥柱初开禹力穷，黄河从此去朝宗。
长鲸一喷连山起，岌嶪①高於太华峰。

【作者简介】

范祖禹（1041—1098年），字淳甫，成都华阳人，北宋著名史学家，文学家、政治家，“三范修史”之一。撰有《唐鉴》十二卷，《帝学》八卷，《仁皇政典》六卷，诗文集《范太史集》五十五卷。

【注释】

① 嶪（yè）：形容高峻。

水调歌头①

［宋］ 蔡 戡

拥节出闽峤，易镇上岷山。东西崄岨，分陕初不在荣观。痛念两河未复，独作中流砥柱，屹若障狂澜。极目神京远，百万虎貔闲。

趁良时，摅豹略，勇声欢。风飞雷厉，威行逆虏胆生寒。汉寝周原如旧，一扫腥膻丑类，谈笑定三关。识取投机会，莫作等闲看。

【作者简介】

蔡戡（1141—1182年），字定夫，福建仙游人，南宋官吏。著有《定斋集》（收入《四库全书》）《贞观谏录》《典故类说》《名臣懿范》《忠惠年谱》《白乐天年谱》等。

【注释】

① 水调歌头：词牌名，又名“元会曲”“凯歌”“水调歌”。以毛滂《元会曲·九金增宋重》为正体，双调九十五字，前段九句四平韵，后段十句四平韵。另有双调九十五字，前段九句四平韵、两仄韵，后段十句四平韵、两仄韵；双调九十五字，前段九句四平韵、五叶韵，后段十句四平韵、五叶韵等变体。代表作品有苏轼《水调歌头·明月几时有》、陈亮《水调歌头·送章德茂大卿使虏》、毛泽东《水调歌头·游泳》等。

三门津

［金］ 王渥

层崖摩苍穹，四月号阴风。
大河三门险，神禹万世功。
他山亦崔嵬①，砥柱独尊雄②。
雷霆日斗击，悍暴愁天公。
刘侯智有馀，始令舟楫通。
仍馀石上穴，飞栈③曾连空。
遥瞻白玉枝，挺植丹灶中。
仙公去不返，此事真冥蒙④。
夫人与鼓崖，怪幻尤难穷。
独喜兵火馀，岿然出新宫。
当时疏凿意，四海要会同。
谁知千岁后，筑垒防啸凶。
诗成一大笑，浩浩洪波东。

【作者简介】

王渥（1186—1232 年），字仲泽，山西太原人。兴定二年（1218 年）进士，金代政治家、外交家、文学家。现存遗作《水龙吟》一首，收入《中州乐府》。

【注释】

① 崔嵬：有石头的土山，形容高峻、高大雄伟的物体（多指山）。
② 尊雄：称雄。
③ 飞栈：我国古代在峭岩陡壁上凿孔、架木、铺板而成的架空的通道，

此指黄河古栈道。

④仙公去不返，此事真冥蒙：此句写“炼丹炉”的传说。在张公岛（在三门峡大坝下游，靠近右岸的人门入河口处）上，有一个形状很像香炉的岩石，岩石上还有一个凹下去的圆坑，很像盛放铁锅的灶口。据说，这就是老子炼丹时用的“炼丹炉”。

水调歌头·赋三门津

［金］　元好问

黄河九天上，人鬼①瞰②重关。长风怒卷高浪，飞洒日光寒。峻似吕梁千仞③，壮似钱塘八月④，直下洗尘寰。万象入横溃⑤，依旧一峰⑥闲。

仰危巢，双鹄过，杳难攀。人间此险何用，万古秘神奸⑦。不用燃犀⑧下照，未必佽飞⑨强射，有力障狂澜。唤取骑鲸客⑩，挝鼓⑪过银山⑫。

【作者简介】

元好问（1190—1257 年），字裕之，号遗山，世称遗山先生，太原秀容（今山西忻州）人。金末年至蒙古国时期著名文学家、历史学家。宋金对峙时期北方文学的主要代表、文坛盟主，又是金元之际在文学上承前启后的桥梁，被尊为“北方文雄”“一代文宗”。他擅作诗、文、词、曲，其中以诗作成就最高，其“丧乱诗”尤为有名；其词为金代一朝之冠，可与两宋名家媲美；其散曲虽传世不多，但当时影响很大，有倡导之功。有《元遗山先生全集》《中州集》。

【注释】

① 人鬼：指三门峡中的人门、鬼门。

② 瞰：俯视。

③ 吕梁千仞：指三门津险峻直如吕梁，一仞八尺。

④ 钱塘八月：指三门津水势好像八月钱塘江涨潮一样壮观。

⑤ 横溃：急流横溢泛滥。

⑥ 一峰：指砥柱。

⑦ 神奸：典出《左传》，此指三门津险要有如神物控制，奥秘难测。

⑧ 燃犀：古有点燃犀角能洞照水妖的故事。

⑨ 佽（cì）飞：汉代武官名，掌弋射鸟兽。

⑩ 骑鲸客：骑于鲸背以游海的仙人、豪客。

⑪ 挝（zhuā）鼓：击鼓。

⑫ 银山：指巨大如山的白浪。

三　　门

［金］　元好问

南北争教献大江[1]，
吴[2]家才了又陈[3]亡。
画工[4]只说三门险，
不记茅津一苇航[5]。

【注释】

① 争：争恃、争斗。教：使，让。大江：指长江。此句是说，过去南北之争，都想让对方献出长江天险。

② 吴：指三国时的东吴，公元 280 年被西晋所灭。

③ 陈：指南朝的陈国，公元 589 年被隋所灭。

④ 画工：绘画人，这里喻指争夺天下的人。

⑤ 茅津：指茅津渡。一苇：小船的代称。此句是说：从茅津渡过黄河，用像苇叶一样的小船就可以。这句诗意在说明，一朝之兴亡盛衰，不在地势险易，而在人为。

砥柱图

［金］ 周 昂

鬼门①幽险深百篙，人门逼窄逾两牢。
舟人叫渡口流血，性命咫尺轻鸿毛。
开图顿觉风雷怒，素发飘萧激衰腐。②
河来天上石不移，安得此心如底柱。③

【作者简介】

周昂（？—1211年），字德卿，真定（今河北正定）人。年二十四进士擢第，调南和主簿。有异政，迁良乡令，拜监察御史。以诗得罪，废谪十余年。作品以唐代诗人杜甫为法，沉郁苍凉，凝重洗练。

【注释】

① 鬼门：三门中，鬼门水急石多，人舟过此，极少幸存。

② 素发：白发。飘萧：飘扬。颈联是说：打开图后，眼前便展现出三门的风雷咆哮景象，白发也随风飘扬起来。滚滚洪涛，能荡尽一切衰腐的东西。

③ 底柱：砥柱。尾联是说：黄河自高处奔腾冲击，砥柱却岿然不动。

三门砥柱①

［元］　王思诚

鬼斧神工②砥柱开，黄流滚滚自天来。
三门浪卷千堆雪，五户滩砯③万壑雷。
漕转多虞舟楫败，疏排几使匠夫哀。
唐虞④平治功归禹，庙下丰碑满绿苔。

【作者简介】

王思诚（1291—1357 年），字致道，元嵫阳（今山东兖州）人。曾任监察御史、通议大夫、国子祭酒。为《宋史》二十三人编撰史官之一。

【注释】

① 本诗写砥柱山洪流急浪、风雷咆哮的奇险情景，颂扬大禹劈山治水之功。

② 鬼斧神工：形容技艺的精巧。

③ 砯（pīng）：水击岩石的声音。

④ 唐虞：是唐尧与虞舜的并称，亦指尧与舜的时代。

陕州渡河

［明］ 薛 瑄

飞楫太阳渡，回头召伯祠①。
水平风势缓，山晓日光移。
九曲来天汉②，三门涌地维。
匆匆此按节，何以答明时。

【作者简介】

薛瑄（1389—1464 年），字德温，号敬轩，河津（今山西万荣）人。明代著名思想家、理学家、文学家，河东学派的创始人，世称“薛河东”。薛瑄继曹端之后，在北方开创了“河东之学”。

【注释】

① 召伯祠：召公祠。召公名姬，又称召伯，西周宗室、大臣，辅佐周成王、周康王两代君主，开创四十多年没有使用刑罚的“成康之治”。召公治政很得百姓拥护，曾在甘棠树下判断案件、处理政事，从侯伯到庶民均得安置，无人失职。为纪念召公，后人建起召公祠。现河南三门峡市文物陈列馆有召公祠诗碑、召公遗爱、古甘棠等石刻。

② 天汉：银河。此句是“黄河之水天上来”的意思。

陕州抵沙涧渡①

［明］ 薛 瑄

重冈高下近弘农②，北首乡关③喜气浓。
三晋④云山秋色里，两河⑤烟树夕阳中。
弃繻⑥谁识当年客，操筑⑦应无旧日翁⑧。
远岸急风吹大舫⑨，令人却忆济川功⑩。

【注释】

① 沙涧渡：在山西平陆县东二十里黄河北岸。

② 弘农：汉武帝在古函谷关（今属灵宝）设弘农县，后又置弘农郡。

③ 乡关：家乡。薛瑄家在河津，在陕州北面黄河北岸。

④ 三晋：战国时，韩、赵、魏三家分晋，各立为国，号称三晋。

⑤ 两河：指黄河两岸。

⑥ 繻：古代用作通行证的帛，上面写字，分为两半，过关时验合，作为凭证。弃繻：西汉时一个叫终军的青年从济南去长安经过函谷关，关吏给他“繻”，作为他回来时的出关凭证，他弃繻而去，并说：“大丈夫西游，不能再凭通行证回来！”后来他做了大官巡行郡国，到了函谷关，关吏凭他使者符节放行，并认出了他，说：“这就是那个弃繻青年啊！”

⑦ 筑：古代弦乐器，以竹子打击发音。

⑧ 翁：指高渐离。燕太子丹派荆轲刺秦王，送于易水之上，高渐离击筑，荆轲和而歌。秦统一中国后，抓高渐离入关至咸阳，以火熏瞎其眼，使击筑，高渐离以铅块置筑中，举筑扑击秦始皇，不中被杀。

⑨ 大舫：大船。

⑩ 济川功：此指大禹治水的功绩。

黄河阻风遣闷

[明] 薛 瑄

远岸沙飞风浪浑，流澌①不断下三门。
蛟龙冻蛰波心水②，舟楫寒依渡口村。
破闷③自须吟丽句，消愁谁与贳清樽④。
临流若忆殷贤相，回首傅岩烟雾昏。⑤

【注释】

① 流澌（sī）：江河解冻时流动的冰块。

② 蛟龙冻蛰波心水：蛟龙因水面有冰而蛰居波心。

③ 破闷：解除烦闷。

④ 贳（shì）：租借、赊欠。此句意为：谁能给我一些酒来消愁。

⑤ 尾联用武丁举傅说（yuè）的典故。相传傅说曾筑于傅岩之野，武丁访得，举以为相，才出现殷商中兴的局面。傅岩，在平陆县东三十五里，俗名圣人窟。

过白石山由宁家窝至三门

［明］　王以悟

几度层冈迴，朝烟午未收。
豁开惊日进，风送觉身浮。
石阪[1]马蹄软，霜天雁唳[2]愁。
滔滔东去水，一柱[3]自千秋。

【作者简介】

王以悟（生卒年份不详），字惺所，今河南三门峡陕州区人，天启元年（1621 年）调任山西参政。后辞官回乡，隐居不出，与乡人共同办学。著有《常惺惺稿》十卷，诗释《解缚编》二卷。

【注释】

① 阪：指崎岖硗薄的地方。石阪：指石山坡。

② 唳：鸟类高声地鸣叫。

③ 一柱：指砥柱山。

秋日三门

［明］ 曹 金

碧落流鸿影，潇潇满目秋。
二毛①人自老，一派水空流。
形胜分关陕，勋名仰召周②。
感君谈治理，民瘼③重吾忧。

【作者简介】

曹金（生卒年份不详），字汝砺，祥符（今河南开封）人，曾任陕西巡抚。著有《传川文集》。

【注释】

① 二毛：头发斑白。

② 召周：指召公与周公。分陕西治是中国西周时期一大政治决策。《左传·隐公元年》记载：“自陕而东者，周公治之；自陕而西者，召公治之。”

③ 民瘼（mò）：民间疾苦。

黄　河

［明］　盛朝祖

极目三门险，愁闻瓠子歌①。
洪飙②霾③日月，浊浪鼓鼋鼍④。
浸水青山小，凌空白马⑤多。
自怜为客久，飘泊任风波。

【作者简介】

作者生平不详。

【注释】

① 瓠子歌：汉武帝时，河决于瓠子，东南由巨野通于淮泗一带，连年遭灾。元封二年（公元前 109 年）发卒数万人筑塞。汉武帝亲自临河，沉白马玉璧，令群臣将军以下，皆负薪填决河，并作《瓠子歌》。

② 洪飙：狂风。

③ 霾：大气混浊，这里指昏暗。

④ 鼋（yuán）：通“蚖”，即蜥蜴。鼍（tuó）：亦称“扬子鳄”，善夜鸣，江淮间谓鼍鸣为鼍鼓，其鸣声如鼓。

⑤ 白马：喻指奔腾的浪涛。

黄河晚渡

［明］ 郝 璋

洪波浩淼①自西来，
晋豫平分②两岸开。
一苇才冲烟霭③去，
片帆又载月明来。

【作者简介】

郝璋（生卒年份不详），崞县（今山西原平）人。曾任灵宝知县，为政宽而不纵，严而不苛。

【注释】

① 浩淼：广阔无边。

② 晋豫平分：黄河在今三门峡地区分隔了山西、河南两省。

③ 烟霭：云气，轻烟。

中条山下作①

［清］ 王士祯

中条初日上，岚影②变朝昏。
芳树重重坞③，流泉曲曲村。
河流趋底柱④，山势锁关门⑤。
借问王官谷⑥，贻溪⑦迹尚存？

【作者简介】

王士祯（1634—1711 年），原名王士禛，字子真，一字贻上，号阮亭，又号渔洋山人，世称王渔洋，谥文简。山东新城（今山东桓台）人。清初杰出的诗人、文学家。

【注释】

① 中条山：山西南部山脉名。西起雷首，与华山隔黄河对峙；东与太行山相接。处二山之间，故名。

② 岚影：山间水蒸气的影子。

③ 重重坞：道道短墙坝堰。

④ 底柱：砥柱。

⑤ 关门：函谷关门。

⑥ 王官谷：在今山西省永济市东南中条山中，唐司空图弃官隐居于此。

⑦ 贻溪：王官谷中溪水，系司空图命名。

游三门

［清］ 王师旦

巀嶪①二陵②左，黄河一带收。
东南维地轴③，西北拱④神州。
浪拍飞涛急，澜洄⑤砥柱流。
慨然豪杰想，急欲问苏由。

【作者简介】

王师旦（生卒年份不详），浙江海盐人，清代政治人物。康熙十八年，登进士。雍正三年，任广州府新安县知县。

【注释】

① 巀嶪（jié yè）：高峻。

② 二陵：据《左传·僖公三十二年》载，“崤有二陵焉；其南陵，夏后皋之墓也（位于河南三门峡陕州区东南雁翎关口北，距三门峡市约二十八公里）；其北陵，文王之所避风雨也（位于河南三门陕州区东硖石村东街北，距三门峡市约二十七公里）”。

③ 地轴：古代传说大地有轴。晋代张华《博物志》载：“地有三千六百轴，互相牵制。”后用来泛指大地。

④ 拱：拱卫。

⑤ 洄：水回旋而流。

和李峤杂咏诗百二十首韵（其十九）

［清］　爱新觉罗·弘历

三门砥柱中，源远接云空。
闻道金绳玺，奚称瓠子宫[1]。
百川秋水灌，九曲大瀛通。
鬟剔洪流奠，巍乎神禹功。

【作者简介】

爱新觉罗·弘历（1711—1799 年），高宗纯皇帝，世宗宪皇帝第四子。在位六十年，建元乾隆。有《乐善堂全集》和《御制诗》初集、二集、三集、四集、五集、余集。

【注释】

① 瓠子宫：西汉时黄河上一次大规模的堵口工程。汉武帝元光三年（公元前 132 年），黄河瓠子（今濮阳西南）决口，洪水向东南冲入巨野泽，泛入泗水、淮水，淹及十六郡，灾情严重。汉武帝派汲黯、郑当时率十万人去堵塞，没有成功。直到二十三年后，汉武帝亲临黄河决口处指挥堵口。朝廷官员自将军以下皆参加堵口。这一著名的黄河堵口以竹为桩，充填草、石和土，层层夯筑而上，最后终于成功。汉武帝作《瓠子歌》悼之，并在堵口处修筑“宣防宫”纪念。

黄河晚渡

［清］ 梁 溥

河水连天汉①，刚来自华阴。
排山②趋③砥柱，润物首桃林④。
一苇⑤横残照，孤帆溯碧岑⑥。
浮槎⑦人不远，应向此中寻。

【作者简介】

梁溥（生卒年份不详），乾隆十二年（1747 年）曾纂修《阌乡县志》。

【注释】

① 天汉：银河。

② 排山：比喻声势浩大。

③ 趋：奔赴。

④ 桃林：县名。汉为弘农县，隋称为桃林县，唐开元十九年（731 年）将桃林县改为灵宝县，即今河南灵宝市。

⑤ 一苇：《诗 · 卫风 · 河广》：“谁谓河广？一苇杭之。”后用作小船的代称。

⑥ 岑：崖岸。

⑦ 浮槎：传说中来往于海上和天河之间的木筏。

题 三 门

［清］　康有为

其一

禹功万古辟龙门，颇叹黄流砥柱尊。
吾欲铲平诸巨嶂，扬帆碧海达河源①。

其二

开苏伊士通欧亚，绝巴拿马沟西东。
蕞尔②三门三里石，誓将疏凿补天工。

【作者简介】

康有为（1858—1927 年），原名祖诒，字广厦，号长素，又号明夷、更甡、西樵山人、游存叟、天游化人，广东省广州市南海区丹灶苏村人，人称康南海，中国晚清时期重要的政治家、思想家、教育家，资产阶级改良主义的代表人物。

【注释】

① 河源：是指河流干流或其支流距离河口处流程最远的、常年有地表流水的地方，径流量较大的河流干流通常发源于山脉中的溪、泉、冰川、沼泽或湖泊等。较小的河流通常发源于丘陵或平原地带的地下含水层附近的泉眼。河源生态环境的变迁对河流的影响举足轻重。

② 蕞（zuì）尔：多指比较小的地区。

出潼关渡河

［清］　谭嗣同

平原莽千里，到此忽嵯峨①。
关险山争势，途危石坠窝。
崤函罗半壁，秦晋界长河②。
为趁斜阳渡，高吟击楫歌③。

【作者简介】

谭嗣同（1865—1898 年），字复生，号壮飞，湖南浏阳人，中国近代著名政治家、思想家，维新派人士。其所著的《仁学》是维新派的第一部哲学著作，也是中国近代思想史上的重要著作。

【注释】

① 嵯峨：形容山势高峻，也指坎坷不平，或形容盛多。

② 长河：黄河。秦晋两地以黄河为界。

③ 击楫歌：咏东晋祖逖渡江北伐中流击楫的故事。船行中流，其扣船发："祖逖不能清中原而复济者，有如大江！"作者以此表示自己欲澄清天下的雄心壮志。

第二篇

近现代诗歌

羊角山

李根红

一根弯弯的角儿
抵住陕州北门
像一张拉圆的弓
写着“活泼生动”

羊蹄蹬在悬崖陡壁上
弯腰能喝到黄河水
头顶一座小庙
袅袅香烟似做晚炊

我伫立于羊背
观黄河波浪滚滚
浪花从故乡飘来
不知带来什么信息

（作于 1936 年，选自《三门峡沧桑》，河南人民出版社 1992 年出版）

【作者简介】

李根红（1921—2004 年），河南灵宝人，现代诗人、作家。历任《行都日报》《大刚报》《胶东文艺》《山东文艺》编辑，河南省文学艺术界联合会常务委员会（简称文联常委）委员、创作部副部长，山东省文联委员，中国作家协会（简称中国作协）山东分会理事。著有诗集《天外，还有天》《北方的歌》《母亲河》及散文集、小说集。

降龙驯蛟转乾坤

李树滋

千里黄河九曲身，浪花滚滚过三门。
昔日夏禹治洪水，涛天大祸未除根。
一朝山雨催桃汛，激流万丈卷千村。
多少人家遭横死，多少人家断子孙。

朝朝代代君换君，一朝天子一朝臣。
君为宝座封臣印，臣为印把报君恩。
君君臣臣皆为己，哪一个君臣为穷人？
深宫夜夜饮玉筵，大河年年殡灾魂。

人民天下归人民，毛主席决策治三门。
降龙驯蛟肃水患，移山倒海转乾坤。
一条大坝锁长蛟，鬼斧神工何须存。
从此黄河除百弊，狂涛巨浪听由人！

巍巍电站闻中外，煜煜光辉照万民。
滔滔清流灌田亩，遥遥航路驶巨轮。
沿湖楼台摇日影，水色山光一片新。
两岸百花齐斗艳，万紫千红总是春。

（选自《三门峡沧桑》，河南人民出版社 1992 年出版）

【作者简介】

李树滋（1916—　），河南灵宝人，中国群众文化学会河南省分会理事，河南省第一至第五届政协委员。曾任陕州专署机关报《民声日报》文艺副刊编辑、中共陕州地委机关报《剿匪导报》编辑、陕县文化馆馆长。著有《婚姻法》《三个闺女夸女婿》《全家去辩论》《爷儿三个争发言》等曲目唱词。

剑北篇[1]（节选）

老　舍

第十章　豫西

当理智的权威退让给武力，
炮火是愚人的最好的游戏。
就是在暴敌的疯狂的炮声里，
我们互道珍重，相视依依，
与守潼关的猛士握手，分离，
沿着黄土的大道走进豫西。
啊，这棉枣之乡，虞虢的古地，
也从轰炸认识了谁是仇敌。
千炮万炮向铁桥射击，
教黄河的水花随火花激起，
多少金钱，多少兵力，
只赚来，可怜，四乡八镇一致的愤激！
看，被炮声惊醒了的山林与险地，
再找不到，像当年的豫西，
那使行人胆寒的匪迹；
“梁山”上的人心本就没忘了忠义，
这无情的炮声振起英雄们的正气；
“舅子！丈人！”用着中原莽壮的语句，
“去打，去打，跟鬼子拼去才有出息！”
可怜，疯狂的头脑还玩弄着飞机，
郑重地向小小的棉厂施用空袭；
好，不再种棉，我们改种高粱和玉米，

有饼子窝窝更好争这口气!
男人去打，女人种地，
连孩子们也快乐地戴上草笠，
帮着锄草，施肥，放牛，喂鸡。
男人去打，女人就担起劳役，
带着箩筐，扯着小妹或小弟，
走出十里八里，
从河东过到河西，
去搬石，修路，
或把高坡修成平地；
或者，赶着牛车，拉来沙粒，
晴天就防备上坏的天气，
在公路两旁一堆堆地堆起；
雨后，把黄沙盖住稀泥，
教汽车飞快地输送东西。
啊，这可爱的人民，可爱的土地，
都在抗战中啊显出了奇迹!
是战争，还是在梦里?
看，静静的枣林一望无际，
微红含笑的枣儿把树枝压低；
看，田上的清风抚弄着麦稷，
把丰年的风声到处传递；
看，没有时装，不懂什么妇女问题，
那些梳辫儿的村姑，黄面的婆媳，
会代替男人，比男人还要精细，
把天时，地利，与人和配齐!
当我们在枣林里休息，

那安闲的树影与香甜的空气，
仿佛是在渊明的诗境里；
当我们到枣林里去避空袭，
老幼都匆忙地把牛马掩避，
静美的田园，紧促的呼吸，
赤裸的顽童把手脚抓紧了大地；
这忽静忽动，忽缓忽急，
这田园的诗景与杀人的利器，
使现实与梦境缩短了距离；
这不是梦，而是个谜，
历史的美丽是它的谜底！
我们是愚痴，还是秀气？
谁敢断定，敢断定的必遭打击！
生活的斗争是历史的延继，
五千年不止，因为我们永不休息！
不休息，不休息。
今天，我们的人，我们的牲口，连我们的园地，
都拿出那永不死亡的力气！
这简单的谜迷住了东洋的智力，
只好用炮火飞机安慰自己！
噢，炮火，炮火，飞机，飞机，
一路上，我们看见炮火的劣迹，
一路上，我们迎送着空袭。
啊，魔鬼的聪明值得感激，
替魔鬼宣传的是它自己！
巨大的铁桥，在陕州，在文底，
都在魔鬼发疯的日子饱受轰击；

在白天，还是阴惨的夜里，
炮的声，炮的次数，炮的炸力，
每个村童都记得清晰，
这一代，世世代代，永不会忘记！
在陕州，当我们正从车站走向城里，
听着河涧桥边石水相激，
远望着山城的衰残的美丽；
那黄的山坡，绿的田地，
恐怕呀还留着斑斑的血迹；
当中条的血浪杀声向大河波递，
这静静的古城曾看见侵略者的魔旗，
也看见，噢，谁能不牢牢谨记，
敌兵在绿草黄波里挣扎着最后的呼吸！
我们正赞美那光荣的中条战役，
晴美的空中波动起杀人的信息；
一眨眼，地面上已没有人的踪迹，
给屠杀的鬼使以诅咒的静寂。
车站上，以在徐州、在开封的炮火里，
抢救机车与车辆的勇敢精细，
敏捷轻巧的都找到掩避。
一会儿，那毒狠的银鹰已到河堤，
安闲的旋转，忽高忽低，
分开，集合，合而复离，
最后，以恐怖的呼啸，显出毒狠的得意，
准确的把炸弹投在空地。
十龄的小儿被破片殃及，
短短的白裤已如血洗。

白发的老人，是祖，是父？将他背起，
老人无言，孩子低泣，
默默的，缓缓的，在大家的愤怒里，
走向绿荫中的短短的草篱，
啊，走向永远的血的记忆！
这默默的老人，是作生意？
还是种着薄薄的几亩田地？
要不是这横祸奇袭，
也许一辈子不晓得国事的危急？
今天，默默的把孙儿背起，
默默的，他可是认识了谁是仇敌！

本诗原载于1940年7月《中苏文化》第6卷第6期，是当年作者途经陕州冒着敌人的炮火和日寇飞机轰炸所写的。

【作者简介】

老舍（1899—1966年），原名舒庆春，字舍予，另有笔名絜青、鸿来、非我等，北京满族正红旗人。因为老舍生于阴历立春，父母为他取名“庆春”，大概含有庆贺春来、前景美好之意。上学后，自己更名为舒舍予，含有“舍弃自我”，亦即“忘我”的意思。中国现代小说家、语言大师，中华人民共和国第一位获得“人民艺术家”称号的作家。代表作有《骆驼祥子》《四世同堂》，剧本《茶馆》。

【注释】

①《剑北篇》是老舍在抗战期间用大鼓体创作的一部长篇叙事诗，也是老舍生前出版过的唯一一部长诗，记述的是他于1939年下半年受中华全国文艺界抗敌协会理事会派遣，到四川、陕西、河南、湖北、宁夏、内蒙古、甘肃、青海等八省（区）慰问抗战将士的见闻和感受。《豫西》为其中之一。

三门峡杂诗

冯　至

（一）三门峡

黄河把岩石冲开三座门，
据说是在洪荒的时代，
从此它流向东方的平原，
奔向远远的大海。
它在黄土平原上横行，
把无穷的灾害带给我们的祖先；
夜半听着它急流的声音，
还想得到多苦多难的昨天。
石门挡不住滔滔的河水，
却阻挡着河水上的行船；
鬼门、神门都不能通过，
通过人门也要冒着危险。
千百年的船缆、船篙
在人门上磨出来石孔、石槽；
人们怎样和自然搏斗，
这些痕迹是最真实的报道。
如今这一切都要成为过去，
三门峡就要改变面容。
滔滔的河水听我们使唤，
再也不许它在平原上横行。
凶恶的岩石变成坚固的水坝，
把水和电向远近输送，

几千万亩的庄稼在和平里生长，
大小城市的机器在和平里开动。
我们用五六年有限的时间，
结束千百年无限的痛苦；
我们用几十年有限的时间，
创造千百年无限的幸福。

（二）勘测队

看这些背上背着仪器、
皮肤晒得黑黑的青年，
他们攀登着峻峭的岩石，
冒着夏天的烈日、冬天的风寒。
嘴里哼着快乐的歌曲，
眼里没有艰难，
他们是矫健的尖兵，
在一个伟大事业的最前线。
山是多么高？水是多么深？
每一秒的流量是多少公方[1]？
地上地下的岩石是多么坚硬，
多大的压力它们能够担当？
不容有一毫一厘的差错，
因为“差之毫厘，失之千里”。
在他们聚精会神的面前，
自然完全失却了它的神秘。
这不过是伟大事业的开端，
黄河已经在解除武装。
新中国好儿女无论什么工作，
都是让朋友欢呼，敌人沮丧。

（三）河两岸

河两岸高高的山顶上
残存着一座座的烽火台，
它们传递过多少恐怖消息，
在那变乱频仍的古代。
河两岸高高的山顶上
飘扬着勘测队的小红旗，
它们照映在蔚蓝的天空，
显示着将来更多的欢喜。

（四）中流砥柱

你竖立在河水的中央，
使河水发生了急湍，
自从黄河上有了船只，
你就和来往的船只为难。
古往今来，有多少船夫
在你的跟前流出血汗；
有多少不幸的远行人
葬身在你的身边。
过去却有些旁观者
把你叫作“中流砥柱”，
还用这个称呼去称赞那些人——
若是他们阻挡社会的进步。
现在我们不能容忍你，
像是不能容忍进步的障碍，
不久有一天会来到，
把你粉碎，抛出黄河以外。

（作于1955年6月20日，选自1955年8月2日《人民日报》）

【作者简介】

冯至（1905—1993 年），原名冯承植，涿州人，现代诗人、学者。曾任中国社会科学院外国文学研究所所长。著有诗集《十四行集》、散文集《山水》、中篇历史小说《伍子胥》等。

【注释】

① 公方：现指立方米。

开发黄河规划欣然有作

叶圣陶

“黄河之水天上来，奔流到海不复回。”
黄河奔流不知几何岁，今将柔驯宁贴听安排。
拦河之坝四十六，傍崖当峡随宜筑。
黄河一路下阶梯，疾徐涨落从约束，
或以灌田，或以行船，
或发电力百万千瓦，蓄积洪流下游保永安。
黄河至此亦欣慰，利民夙愿今始遂，
克以其能贡人民，中国巨川庶无愧。
往者余性未尽窥，数千年来丛怨怼，
尽窥余性良亦难，识解应须俟运会。
如是政制与人民，如是科学与智慧，
乃获俾余尽所能，不徒奔流甚无谓。
且不复言黄河何所思，试想未来佳况甚神驰，
倘驾飞机瞰河畔，面貌迥然异此时。
工业城镇可相望，电流贯通生气旺，
地下宝藏发亦丰，利用厚生取给广，
千机万轴运不停，精器良材产无量，
繁荣饶富祇状词，至此宛然睹形象。
灌溉之利遍及中下游，展布尤广北岸畴。
土获滋润力欲出，满眼欣欣惟绿稠。
合作社，百事悉共谋，拖拉机，远胜犁与牛，
千仓万箱年年致，人力克尽保丰收。

复观航运亦奇迹，海口迳可通兰州，
循梯上溯随屈曲，一苇直抵皋兰陬，
博望乘槎古有说，大海遥接天汉流，
此徒仰观发遐想，未若今兹实绩堪歌讴。
忽俯秦陇感惊异，黄土高原岂转徙？
不见莽然弥望黄，第见浅深错翠绮，
森森橡柏万千章，丛丛灌木相荫翳，
果树枝头花果繁，梯田绿被整且丽。
翩悟此是改造自然功，群力积久始有济。
厥功乃在水土之保持，治河于焉得要谛。
根深虬结土不疏，土不疏时涵水易。
冻雪融，暴雨莅，无复冲泥泻千里，
物候宜，旱患弭，润泽堪与江南比。
惟察自然爰能制自然，成兹伟业为永利。
“远山高山森林山，近山低山花果山。
平川修成米粮川，乾沟打坝聚湫滩。
坡洼地里种牧草，山腰缓坡修梯田。”
民谣当年白所愿，此时真见锦绣之河山！
远景如斯足欣慕，即思近景亦起舞。
自今以后祇六年，钜功已就三门库，
拦河坝将百尺高，横截洪流与泥土，
其库之广逾太湖，汪洋西漫风陵渡。
电流周给豫晋秦，水利常供豫冀鲁。
决口改道不复闻，防汛救旱事亦故，
下游之民共腾欢，堪以厥劳治他务。
黄河新史写从头，功超大禹应无数。
更陈一事动君听，出库之流碧波滢。

古来悬想今应验，“圣人出而黄河清”。
圣人者谁宜寻讨，其出何由不克早？
若使早出百千年，远祖遥宗先含笑。
应知圣人非个人，圣人者谁盖人民。
人民团结成一体，人民政权命维新，
益以现代科学与技术。猗与休哉！如此圣人宁前闻？
如此圣人今始出，黄河之清始自今！

（选自 1955 年 8 月 20 日《光明日报》）

【作者简介】

叶圣陶（1894—1988 年），原名叶绍钧，字秉臣、圣陶，江苏苏州人，现代作家、教育家、文学出版家和社会活动家，有“优秀的语言艺术家”之称。1916 年，推出第一个童话故事《稻草人》。1918 年，发表第一篇白话小说《春宴琐谭》。1923 年，发表长篇小说《倪焕之》。1949 年后，叶圣陶先后出任教育部副部长，人民教育出版社社长和总编，中华全国文学艺术界联合会（今中国文学艺术界联合会，简称中国文联）委员，中国作家协会顾问，中央文史研究馆馆长，中国人民政治协商会议全国委员会副主席（简称全国政协副主席），第一、二、三、四、五届全国人民代表大会常务委员会委员（简称全国人大常委），民进中央主席。1983 年，当选为第六届全国政协副主席，是第一至四届中华人民共和国全国人民代表大会代表（简称全国人大代表）、第五届全国人大常委，第一届全国政协委员、第五届全国政协常委。

三门峡大坝

钱昌照

重来不见三门影，大坝横连两岸山。
驯服黄河天上水，欢声今日满人间。

（选自《钱昌照诗词集》，中共党史出版社 2009 年出版）

【作者简介】

钱昌照（1899—1988 年），江苏张家港人，中国人民政治协商会议第七届全国委员会副主席、中国国民党革命委员会中央副主席、著名爱国民主人士，中华诗词学会第一任会长。

三门峡放歌

邵燕祥

恨不能一步迈到三门峡，
青春领我们翻越丛山；
悬崖挂在陡坡头顶，
山鹰在我们脚下盘旋，
临时公路的路标上
标着惊叹号，
无数回上下，
无数次峰回路转……
我们扛着机器，
像扛着野战炮，
这原是大军当年过黄河走过的路线。
睁大眼睛寻找老战士的脚印，
刮地的风沙遮暗了日头，
猛抬头，
山豁口，
出现了重重叠叠的漩涡。
五黄六月黄水像怒马，
风浪又险，
石头又恶——
瘦骨嶙嶙的狮子头[1]，
黑虎虎的鬼门岛，
刻着行行大字，
说鬼斧神工已经到头；

浊流拍着礁石，
也在把我们拦阻，
莫不是把我们当作了惯说豪语的懦夫？
大话懦夫也会说，
我们怎么样说就怎么样做！
瞧！我们把铁索横架过空中——
如一条细小的但是牢固的桥梁。
铁索桥把我们高高擎起：
黄河在下，
我们在上！
我们在河心稳了钻探船，
我们在两岸扎下营盘，
钻塔连着钻塔，
篷帐连着篷帐，
我们今夜用灯光照明黄河的波浪
为的是明天好用黄河水点亮灯光！
三门峡开始了沸腾的日月，
黄河水骄傲地滚向东方。
但是骄傲的将不是黄河，
而是我们。
尽管黄河汹涌澎湃，
我们比它更顽强。
在震动峡谷的水声中，
我们习惯了放开嗓门，
大声地发言，
大声地歌唱！

（作于1956年6月，选自《中国青年》1956年第11期）

【作者简介】

邵燕祥（1933—2020年），北京人，当代诗人，历任中央人民广播电台编辑、记者，《诗刊》副主编，中国作协第三、四届理事。著有诗集《到远方去》《在远方》《迟开的花》等。

【注释】

① 狮子头是黄河三门峡右岸突出的一块岩石，鬼门岛是耸立河心的一座石岛。狮子头上尽是前人铭刻的题词，有两句是“神工虽已尽，漫道可通舟”。

炼丹炉[①]

吴烟痕

站在三门山的峰顶，
俯瞰河谷，只见烟雾腾腾，
那放置炼丹炉的孤岛，
在烟雾中，像一只炮艇。

黄水最初奔腾而来，
劈开大山，隔绝了一对情人；
双峰对望，望穿眼睛，
朝朝暮暮也不能把相思诉尽。

天边飞来一朵白云，
云上立着张公，他俯首倾听，
恋人的哀歌如泣如诉，
张公流下热泪，泪湿衣襟。

孤岛上摆下一座金炉，
炉火烧滚黄水，烧红河心，
一粒粒流沙慢慢凝结，
凝结起两座巨大的桥墩。
南山的牧女展开笑容，
北山的樵夫跪拜张公，
一道钢梁正要架起，

怒涛如山，扑进峡中。

熊熊的炉火灭了！
炼丹炉失去了踪影！
大浪过后，又露出桥墩，
张公呵败兴，驾云远遁。

痴情的恋人呵，
哭干眼泪，哭不出声音，
日晒夜露，年久日深，
化成一对隔河相望的石人。

痴情的恋人呵！
今天该笑出眼泪，笑出声音，
拦河大坝要截断黄水，
到坝上相逢，在坝上诉情！

（作于 1956 年冬，选自《三门峡诗抄》，上海文艺出版社 1960 年出版）

【作者简介】

吴烟痕（1928—2000 年），原名吴兴中，江苏如东人。1948 年开始发表作品，1949 年后历任中国人民解放军江汉军区宣传部干事，湖北省文联秘书，中南作家协会、中国作家协会湖北分会专业作家。著有诗集《黎明的钟声》《峡谷灯火》《三门峡诗抄》等。

【注释】

① 炼丹炉位于三门峡大坝下游的张公岛上，相传是太上老君炼丹的地方。春秋战国时期，三门峡两岸连年发生水灾，百姓流离失所。一天老子

从远处骑着青牛踏水而来，看到百姓的苦难，他深受触动，于是决定在此施仙法造桥。施仙法就要有仙丹，于是他决定在此炼丹。至于仙丹是否炼成不得而知，但是由此引出的“老子造桥”“老君列石”“神火炼山”的故事却流传至今。

古栈道[①]

吴烟痕

从岛上滑下栈道，
道下是令人心悸的波涛，
我紧贴着岩壁行走，
来把祖先的足迹寻找。

这石环曾经拴过船缆，
这石孔曾经扦过船篙，
这傍石临河的崎岖小径，
就是祖先当年逆水而上的栈道。

多少人被累得精疲力尽？
多少人的生命被卷入狂涛？
多少载满血汗的运粮船只，
从这里驶向称霸一时的皇朝？

祖先们曾经进行反抗，
在中原掀起过革命的风暴；
那酷爱独立自由的热血，
至今还在我们的血管里旋绕。

勤劳而勇敢的祖先呵！
你在九泉之下也会瞑目含笑；

你听听我们的钻机在吼叫，
你看看黄河在我们的脚下求饶！

（作于1956年冬，选自《三门峡诗抄》，上海文艺出版社1960年出版）

【注释】

① 古栈道位于三门峡大坝下北岸，紧靠黄河的陡壁悬崖上，共有两条。一条离河面较高，一条离河面较低，都是紧挨着石壁的冲击处开凿的。

我国唐代以前多建都关中，为保证首都长安及西北戍军的粮草供应，每年都要经黄河向关中运去大量的粮食，这就是历史上著名的黄河漕运。作为黄河漕运必经之路的三门峡，水势险恶，来往船只十之有八要被河水吞没。从西汉开始，每年到了枯水季节，都要征调大批人力物力对这一段黄河进行疏通，并修凿栈道。所谓栈道，就是在黄河两岸的峭壁悬崖上凿出一条狭窄的路面，路断处凿上一排深深的四方洞，塞上木桩，搭成栈道，供船夫们在上面拉纤上溯。

今天登上栈道，还会发现开凿在栈道壁上的一个挨一个的四方洞和牛鼻形穿孔。这些四方洞散布在整个栈道的石壁上，大约有八九百个。古时石洞上钉进木桩，人们借以向石壁攀登。“牛鼻”是系上绳索让纤夫攀援，遇到风浪，还可就近把船栓住。黄河古栈道是研究我国东西交通史和黄河漕运史的珍贵文物。

梳妆台①

吴烟痕

（一）

仙女呵仙女！
你踏着云朵，飞到台上，
为什么不依着窗口，
伸开巧手，细心梳妆？

仙女呵仙女！
你爱水中楼台，台上风光，
为什么不逗留片刻，
匆匆而去，云游他方？

莫非是这黄水，
映在你明亮的镜上，
把你美丽的面容，
照得萎黄？

莫非是这波涛，
敲击着恼人的音响，
扰乱了你的情思，
懒得梳妆？

莫非是这浪花，

跳进朱漆雕花的楼窗，
打湿了你的粉脂，
打湿了你绚丽的红装？

（二）

仙女呵仙女，
你弃下楼台，楼台空荡，
明月夜夜挂上窗口，
只见月光，不见你梳妆！

仙女呵仙女，
你爱的楼台，换了风光，
拜托长风捎去音讯，
盼你归来，来这里梳妆！

这清清的湖水，
像一面明镜，又圆又亮，
照得你的面容，
好似牡丹，在镜中开放！

这潺潺的水声，
像一架竖琴，轻轻弹唱，
伴着你的情思，
展开翅膀，在水上飞翔！

这漾漾的涟漪，
像双双眼睛，闪动目光，
赞美你的身姿，

如一朵彩霞，飘落在水上！

（作于1957年1月，选自《三门峡诗抄》，上海文艺出版社1960年出版）

【注释】

①梳妆台又称王母娘娘梳妆台，位于三门峡大坝下方，是最北边水中平坦的小岛。相传王母娘娘在云中仙游，途经此地，发现此处景致迷人，不禁下凡驻足，在此梳妆打扮，于是后人称此处为“王母娘娘梳妆台”。

由于它处在三门峡大坝的溢流坝段，它的“梳妆镜”高出水平面17米多，影响泄洪，因此在建坝时就将其炸平了，现在能看到的就只剩“梳妆台”的台面了。

三门峡短歌

苏金伞

在风雪中
猛烈的西风，
吹着冰雹般的雪片，
从万仞高山顶，
斜直地射落在黄河上。
沙滩上卷起一阵一阵旋风，
连雪带沙一齐旋转着，
相率滚到黄河边，
又沉没在河水里不见了。
黄河从千里外倏忽而至，
挟着石块和冰块，
翻着红色的巨浪，
吼叫着闯进三门峡。

前奏

可以一下铲平一座大山的推土机
来到这里；
可以一下子吊起整个地球的起重机
来到这里；
曾经炸开过千百个岩头的炮手
来到这里；
曾经打过千百次胜仗的英雄
来到这里。

在这狭隘的工地里，
将聚集着世界上最高的智慧；
在这僻静的山谷里，
将发出世界上最响亮的节奏。

爆破

黄河变成了万里巨炮，
狠狠地向三门峡猛轰，
群山像射出去的炮弹，
在远方爆炸着回声。
三门峡工程局的三千颗心
都在欢跳
每个人装在这里面的一千多个日子
都齐放响了！
这炮声告诉全国人民，
这里正开始一场战争。
等战士们欢呼胜利时，
将出现一座大坝当空。

（作于 1957 年 3 月，选自《诗刊》1957 年第 4 期）

【作者简介】

苏金伞（1906—1997 年），原名苏鹤田，河南睢县人，是中国五四运动以来最杰出的诗人之一，1932 年开始发表作品。1946 年，《大公报》介绍苏金伞时说："他的诗讽刺深刻得体，当世无第二人。"1949 年加入中国作家协会，曾任河南省文联第一届主席，著有诗集《地层下》《窗外》《鸬鸪鸟》《苏金伞诗选》《苏金伞诗文集》等。

大禹庙前

禾　波

在三门峡左边的高山上，
残破的大禹庙啊，
还俯视着雄伟的三门，
倾听着涛声撼石的声响。

颓废的墙壁，
遗留着大禹治河的图画；
零乱的石碑，
还把大禹的丰功颂扬。

曾经有多少艄公，多少过客，
来这里乞求，烧香许愿：
他们要渡过惊险的三门，
把希望寄托在死去的大禹身上。

如今啊，幽深的峡谷是施工现场，
无数的机器在轰轰隆隆震响；
河心里架设着勘探的竖井，
从山中到处是治河英雄的篷帐。

千百个大禹正在英勇战斗，
只见山在崩，水在流，地在转；

他们定要战胜奔腾的洪水，
决心实现黄河服务人民的理想。

（作于1957年6月，选自《三门峡的歌》，春风文艺出版社1959年12月出版）

【作者简介】

禾波（1920—1998年），原名刘志清，四川荣县人，作家、诗人、编剧。1937年开始发表作品，1980年加入中国作家协会。著有诗集《创造者》《三门峡的歌》《煤海浪花》等，散文《光明胡同赞》《回忆与联想》等。

新的城市

禾　波

在我们辽阔的国土上，
我行走过许多富饶的乡村，
访问过许多伟大的名城；
今天我又来到一个辉煌的地方，
一个英雄的城市啊！
刚刚在深山峡谷里诞生。

这里是黄河的咽喉，
惊涛骇浪在峡谷中怒号奔腾；
几千年，人们从这里经过，
要扶着惊险的栈道，
要乞求那泥塑木雕的神灵。

如今铁路从这高山上铺过，
汽车在这丛山峻岭中穿行；
幢幢的大楼在这儿修建，
深夜里照射着繁星似的明灯。

这里是英雄们会师的所在，
汇聚着无数建设祖国的巨人；
每一条路跟祖国的脉搏一起跳动，

每个人的心啊深情地怀念着北京。

我们要在这里修筑幽美如画的水库，
要建设祖国第一个巨大的电站；
要黄河在我们面前变成清流，
把灾害变成幸福，
寒冬变作阳春。

这是一个崭新的城市，
在党的阳光和雨露里欣欣向荣；
我仿佛看见开向共产主义的列车啊！
已经从这里庄严地启程。

（作于 1957 年 6 月，选自《三门峡的歌》，春风文艺出版社 1959 年 12 月出版）

三门峡的黎明

禾　波

正是黎明的时候，
太阳的金箭刚刚射到山顶；
连绵的群山从夜梦中醒来，
好像还睁着惺忪的眼睛。

望不到头的幽深峡谷，
继续回荡着黄河的歌声；
阵阵的凉风扑面吹来，
使人感到十分清新。

我第一次看见这里巍峨的山峦，
第一次倾听黄河的歌声！
仿佛回到了故乡的三峡，
心中奔放着无比的激情。
在三门岛下游不远的地方，
雄伟的砥柱石立在河心；
像英雄站立在水中，
奔腾的黄水在它身边飞进。

在童年，我听过砥柱石的传说，
我向往你盖天而来的流水；
今天看见你了，砥柱石啊！

我对你却有着跟往日不同的心情。

你看见三门的洪流吞噬过多少船只？
看见它的浪花卷走过多少财产、生命？
随着岁月流转有多少次改朝换代？
流过多少鲜血才轮到今天人民专政？

你曾否想到黄河会改变它的野性？
曾否梦见黄河会有一日澄清？
黄河会不会拿出它伟大的力量，
把一切贡献给它的祖国和它的人民？

现在三门峡右岸的山顶，
正升腾起乳白色的轻烟；
你该看见山岭间的帐篷，
里边还闪耀着灼灼的明灯。

一个年轻的姑娘，
她刚走出甜蜜的梦境；
兴奋地靠着整洁的帐篷，
轻轻地整理着朴素的衣襟。

她在倾听黄河的歌唱，
眺望四周的远山淡影；
她低头向你微笑啊，砥柱石，
她悄声问候你的安宁。

今天，在这带着凉意的黎明，
她还有时间给你谈心；
她会讲怎样从淮河来到黄河，
怎样做了个勇敢的勘探队员。

她已经知道了黄河的秘密，
从每一块岩石、每一粒泥沙中间；
她已经窥见了黄河光辉的未来，
听到北京怀仁堂里传送出来的声音。

她把青春献给祖国，
决心为共产主义奋斗一生，
她要和同志们一起治好了黄河，
再去建设祖国更巨大的水利工程。

毛泽东时代的一个平凡的姑娘，
一个从城市来到旷野的学生，
砥柱石啊，她有着你坚强的性格，
有着你骄傲与自豪的性灵。

轻纱般的白雾渐渐消散，
群山又袒露出美丽的胸襟，
砥柱石披上明媚的朝霞，
像殷勤地来接待这个远方的客人。

黄河的流水绕着砥柱石欢腾，
满山满谷响起动听的琴音，

像是特别鸣奏起迷人的音乐，
向姑娘表示热情的欢迎和尊敬。

在这流水的乐队合奏声里，
在这三门峡美丽清新的黎明，
姑娘正在筹划着今天的工作，
准备去检验那些古老的岩层。

在这富有伟大历史意义的时刻，
在这三门峡金光灿烂的黎明，
砥柱石像含着欢乐的泪水，
在远远地向姑娘招手致敬。

（作于 1957 年 6 月，选自《三门峡的歌》，春风文艺出版社 1959 年 12 月出版）

花生的故事

——三门峡纪事诗

吴烟痕

那是一个多风多雨的黄昏，
邮递员送来一封陌生的信，
又一只令人莫测的方形木盒，
拆开一看，原来是一盒花生。
这封信来自偏远的山村，
一队红领巾在信上签名，
那一行行专心致志的笔迹，
充满了热情、希望和尊敬。
这盒稀有而珍贵的花生，
传送着纯洁美丽的心灵，
它经孩子们培植结果，
送给建设三门峡的人们。
花生送来真挚的慰问，
它给我们吸取不尽的感情，
就像春日的笋尖节节生长，
又像大海的秋潮一样喧腾。
我们的柴油工收下花生，
用她的画幅去感谢盛情。
她拿起画笔，走上山头，
精工巧手地描绘着三门；
又坐在灯下，面对明镜，
描绘着自己俏皮的脸形；
钻塔下，站着一个姑娘，

有一对迷人的眼睛！
画好一幅，还不能称心，
她又用幻想来指挥画笔，
再画一幅水电站的模型。
我们的地质员收下花生，
寄一包花籽去表达内心——
这花籽诞生在江南的家乡，
是我把它栽培到黄河之滨；
鲜花开满我们的帐篷周围，
也要鲜花开满你们的学校、
你们的农庄、你们的家庭！
若要问：这是哪一类花种？
就叫它：尖兵之花，尖兵的心！
我们的钻探手收下花生，
这一夜怎么也不能睡稳，
阖上眼，看到孩子们的面容，
睁开眼，听到孩子们的声音。
他本想拿奖金买一支钢笔，
送给远在集体农庄的爱人，
不！买一束画报和书籍，
作为赠给孩子们的礼品。
我们的老机长收下花生，
他的建议获得一片掌声，
用花生来表明我们的意志，
用花生做个水电站的模型，
在未来的三门峡展览会里，
让人们知道我们的红领巾！

（选自 1957 年 9 月 10 日《人民日报》）

蚌　壳

吴烟痕

踩着黄河边的沙滩，
寻找大海留下的波浪，
山河曾经几度变迁？
古代的大海引起我遐想……

在那灰暗的崖壁下面，
是什么闪着淡淡的白光？
一只蚌壳沉睡在那里，
它身上披着我寻找的波浪！

我把蚌壳轻轻摇醒，
它睁开眼，眨着惊喜的目光，
向我倾吐万古的悲哀，
问我何时返回家乡？

它的家乡是一片大海，
水草青青，绿波荡漾，
有时它在水底任意遨游，
有时又在滩上晒着太阳。

那一天太阳烧着大海，
海水沸滚，水草枯黄，

巍峨的群山又向大海扑来，
群居的水族逃向四面八方。

蚌壳逃避在崖壁下面，
不知度过多少昏迷的时光，
还记得山峰间的豁口，
冲出黄水，滚滚奔向东方……

蚌壳的声音如泣如诉，
一声一声在我心头贮藏；
我向它叙说神奇的故事……
三门峡水库是它新的家乡！

（作于1957年11月，选自《三门峡诗抄》，上海文艺出版社1960年出版）

三门峡水利工程有感

穆　旦

想起那携带泥沙的滚滚河水，
也必曾明媚，像我门前的小溪，
原来有花草生在它的两岸，
人来人往，谁都赞叹它的美丽。

只因为几千年受到了郁积，
它愤怒，咆哮，波浪朝天空澎湃，
但它终于没有出头，于是它
溢出两岸，给自己带来了灾害。

又像这古国的广阔的智慧，
几千年来受到了压抑、挫折，
于是泛滥为荒凉、忍耐和叹息，
有多少生之呼唤都被淹没！

虽然也给勇者生长了食粮，
死亡和毒草却暗藏在里面；
谁走过它，不为它的险恶惊惧？
泥沙滚滚，已不见昔日的欢颜！

呵，如今，这长远的浊流由你引导，
将化为晴朗的笑，而它那心窝

还要迸出多少热电向生活祝祷!
我欢呼你，“科学”加上“仁爱”！

（作于 1957 年，选自《穆旦诗选》，人民文学出版社 1980 年出版）

【作者简介】

穆旦（1918—1977 年），原名查良铮，曾用笔名梁真，祖籍浙江省海宁市袁花镇，出生于天津。现代主义诗人、翻译家。于 20 世纪 40 年代出版了《探险队》《穆旦诗集（1939—1945 年）》《旗》三部诗集，将西欧现代主义和中国诗歌传统结合起来，诗风富于象征寓意和心灵思辨，是“九叶诗派”的代表性诗人。20 世纪 80 年代之后，许多现代文学家推其为现代诗歌第一人。主要译作有俄国普希金的《青铜骑士》《普希金抒情诗集》，英国雪莱的《云雀》《雪莱抒情诗选》，英国拜伦的《唐璜》《拜伦抒情诗选》《拜伦诗选》，英国的《布莱克诗选》《济慈诗选》。

三门峡——梳妆台

贺敬之

望三门，三门开：
“黄河之水天上来！”
神门险，鬼门窄，
人门以上百丈崖。
黄水劈门千声雷，
狂风万里走东海。

望三门，三门开：
黄河东去不回来。
昆仑山高邙山矮，
禹王马蹄长青苔。
马去“门”开不见家，
门旁空留“梳妆台”。

梳妆台呵，千万载，
梳妆台上何人在？
乌云遮明镜，
黄水吞金钗。
但见那：辈辈艄公洒泪去，
却不见：黄河女儿梳妆来。

梳妆来呵，梳妆来！
黄河女儿头发白。

挽断“白发三千丈”，
愁杀黄河万年灾！
登三门，向东海：
问我青春何时来？！

何时来呵，何时来？
盘古生我新一代！
举红旗，天地开，
史书万卷脚下踩。
大笔大字写新篇：
社会主义——我们来！

我们来呵，我们来，
昆仑山惊邙山呆：
展我治黄河万里图，
先扎黄河腰中带——
神门平，鬼门削，
人门三声化尘埃！

望三门，门不在，
明日要看水闸开。
责令李白改诗句：
“黄河之水‘手中’来！”
银河星光落天下，
清水清风走东海。

走东海，去又来，

讨回黄河万年债！
黄河女儿容颜改，
为你重整梳妆台。
青天悬明镜，
湖水映光彩——
黄河女儿梳妆来！

梳妆来呵，梳妆来！
百花任你戴，
春光任你采，
万里锦绣任你裁！
三门闸工正年少，
幸福闸门为你开。
并肩挽手唱高歌呵，
无限青春向未来！

（作于 1958 年 3 月，选自《诗刊》1958 年第 5 期）

【作者简介】

贺敬之（1924— ），山东枣庄人，现代著名诗人、剧作家。历任鲁艺文工团创作组成员、中央戏剧学院创作室主任、《人民日报》文艺部副主任、文化部副部长兼文学艺术研究院院长，以及中共中央宣传部副部长、文化部代部长等职。中国文联第四届委员，中国作家协会第一、二、三、四届理事，以及第三届副主席、书记处书记、第五届名誉副主席，中国戏剧家协会第三、四届常务理事，中共第十二、十三届中央委员，第七届全国人大常委。著有诗集《放歌集》《贺敬之诗选》，评论集《贺敬之文艺论集》，长诗《回延安》《放声歌唱》《雷锋之歌》《中国的十月》等。1945 年和丁毅执笔集体创作的我国第一部新歌剧《白毛女》获 1951 年斯大林文学奖。

中流砥柱

贺敬之

呵，不是怀古。
我来三门峡，
脚踏禹王跃马处：
看黄水滚滚，
听钻机突突。
使我
热泪陡涨
周身
血沸千度！
呵呵！
三门峡上
紧握
开天辟地
英雄手臂；
三门峡下——
见万古不移
中流砥柱！

呵，古往何处？
急流万马来，
往古英雄计无数
看漫天烽火，

听动地鼙鼓。
遥指
长城
千里揭竿……
井冈
红旗飞舞！
呵呵！
古往今来
多少
惊风破浪
英雄人物，
黄河中流——
竖万古不朽
民族脊骨！

呵，今日非古
红旗下井冈，
一改江山古画图
看黄河新妆，
听雷霆脚步！
我唤
古人
梦中惊起：
长叹
英雄不如！
呵呵！
五千年来——

谁见
工人阶级
天工神斧？！
万里一呼——
为社会主义
立擎天柱！

（作于1958年3月，选自《诗刊》1958年第5期）

三门峡歌唱阿斯旺

刘岚山

在奔腾欢呼的黄河之滨，
望见你高高站在尼罗河旁；
请接受三门峡水坝工人的祝贺，
我们正在为你开工而歌唱。

我们歌唱尼罗河的儿女，
他们那样勇敢而又坚强：
英法海盗曾被他们赶走，
美国阴谋扼杀不了阿斯旺。

我们歌唱亲爱的伏尔加，
它带着那无私的热心肠，
从北方来到了尼罗河畔，
伸给你以最有力的臂膀。

伟大的朋友、姊妹阿斯旺，
我们肩并肩、臂膀挽着臂膀，
为了各自祖国的幸福花开，
让我们快马加鞭擒住老龙王！

（选自 1958 年 11 月 16 日《人民日报》）

【作者简介】

刘岚山（1919—2004年），安徽和县人，北京人民文学出版社整理科长、稿件科长、编辑组长、编审，1949年加入中国作家协会。著有诗集《漂泊之歌》《乡下人的歌》《和平的前哨》《乡村与城市》，散文集《领路的人》《和英雄相处的日子》《人生走笔》等。

三门峡诗抄

君　谦

叫它咋流它咋流

黄河滚滚向东流，
昔日大禹曾发愁；
工人当家做了主，
叫它咋流它咋流。

大战神门河

劳动人民智慧高，
征服黄河在今朝。
齐心大战神门河，
要叫黄河改改道。

要与黄河争上下

英雄人民气魄大，
要与黄河争上下。
切断黄河滚滚水，
削去恶龙鳞爪牙。

（选自 1958 年 11 月 22 日《人民日报》，君谦编选）

【作者简介】

君谦，1909 年出生，山东东平人。1937 年参加革命，1956 年任新华社驻三门峡记者。曾任新华社河南分社编委，高级记者。

诗八章[1]

郭沫若

其一

炸将神鬼化为烟，从此安澜亿万年。
人道河清圣者出，圣人已出自戡天。

其二

坝高一百六公尺[2]，俯瞰黄河地底来。
剩有余威穿闸过，回澜激荡牡丹开。

其三

三门神鬼已无门，河底龙宫亦不存。
闻有盲鱼蒙解放，谅无眼泪泣神君。

其四

水打梳妆台下过，开元旧有娘娘河。
娘娘已自随流水，故把妆台付逝波。

其五

鸭绿江头水丰闸，武昌横跨二重桥。
宏图宇内难为匹，今日方知此更豪。

其六

大禹巍巍浪得名，擅逃水土误中原。

千秋功罪今勘定，不在龙门在鬼门。

其七

鬼斧神工化天险，人工民斧险为夷。
三门峡上英雄汉，动地惊天大史诗。

其八

创造乾坤今在眼，古传盘古不虚夸。
人民六亿皆盘古，沧海桑田一刹那。

【作者简介】

郭沫若（1892—1978 年），原名郭开贞，字鼎堂，号尚武，乳名文豹，笔名沫若、麦克昂、郭鼎堂、石沱、高汝鸿、羊易之等，现代文学家、历史学家、考古学家、新诗奠基人之一，一生论著颇丰。曾任中国科学院首任院长、中国科学技术大学首任校长、苏联科学院外籍院士、北京人艺编剧、中国人民保卫世界和平委员会主席、中日友好协会名誉会长、中国文联主席等职，中国共产党第九、十、十一届中央委员，第二、三、五届全国政协副主席。

【注释】

①1959 年 7 月，全国人大常委会副委员长郭沫若视察三门峡，挥笔成诗八章。

② 公尺：米的旧称。

三门峡上高歌

吴烟痕

我们水电建设大军，
今天站在310高程！
站在三门峡的天险上！
站在横截黄河的长城！

右边的太行弯下身躯，
左边的秦岭低头致敬，
向着征服黄河的英雄！
向着拦蓄洪水的长城！

极目西望天边的白云，
黄河之水冲出了昆仑！
雄涛怒卷过千万峡谷，
狂浪飞涌而来我三门。

水电大军站在310！
水电大军站在长城！

喝令洪水平息浪头，
喝令洪水收起劣性；
万古咆哮的恶水呵，
万里奔腾的狂流呵，

第一次从我们胯下穿过！
从人造的门内乖乖东行！

水电大军站在310！
水电大军高歌310！

去年冬天劈断黄河，
戗堤飞筑天险神门，
黄河的水在手中倒流！
黄河的底也现出原形！

龙宫里展开激战，
哪怕十冬腊月的寒冷，
干劲冲化了冰雪，
巧计搬走了污秽泥层；
夺取那深藏万年的岩磐！
夺取的绚烂瑰丽的奇珍！

水电大军站在310！
水电大军高歌310！

黄河横贯祖国大地，
分隔了太行和秦岭，
我们要使相望的山峰，
手拉起手，拥抱相亲，
不用那渡河的帆船，
不用那跨河的桥梁，

修一道宝石托起的城！
修一道发射电光的城！

记得春暖花开的时辰，
跃进的战鼓越敲越紧；
下游的禾苗呼叫：
快蓄洪水！我要安宁！
周围的烟囱呼叫：
快送电流！造福人民！

塔式起重机高举手臂，
电焊的火花越闪越明，
震捣器挥动千斤巨拳，
钢铁的合唱一个声音：
速度——跑在洪水前头！
质量——千年不朽长存！

水电大军站在310！
水电大军高歌310！

禹王治水劈开了龙门，
真正的英雄却在三门！
我们不是传说的人物，
工人阶级的水电大军！
我们不是把河道疏通，
而是把洪水控制利用；
310——有合格的质量！

310——是速度的明证！

我们站在310的高程，
站在拦蓄洪水的长城！
我们站在三门峡上高歌，
向更大的胜利进军！

（作于1959年7月，原载于1959年8月5日《人民日报》，选自《三门峡诗抄》，上海文艺出版社1960年出版）

西江月·参观三门峡

谢觉哉

斩断神牙鬼爪，镶上一串明珠。出山蛟与跃门鱼，至此完全钩住。

陆上水愁不足，河中水患有余。而今装入净瓶储，听我杨枝挹注。

（作于 1959 年 11 月，选自《中共五老诗词鉴赏》，中央文献出版社 2008 年出版）

【作者简介】

谢觉哉（1884—1971 年），字焕南，别号觉斋，湖南宁乡人，1925 年加入中国共产党，中国老一辈无产阶级革命家。“延安五老”之一，“长征四老”之一，著名的法学家和教育家、杰出的社会活动家、法学界的先导、人民司法制度的奠基者。曾任中央人民政府内务部部长、最高人民法院院长、全国政协副主席等职。其主要著作收入《谢觉哉文集》。

观三门峡枢纽工程[1]

董必武

竞使三门峡截流，鬼神闭死在河洲。
汹汹黄汛为人害，从此驯良不再愁。

中流砥柱挽狂澜，澜不狂兮柱可刊。
关闸任人可启闭，厚生利用尽颜欢。

力可回天语当应，水为利害叹其鱼。
人民作主当家后，众志成城意自如。

古云圣出则河清，今日治河尽圣人。
筑坝溢洪多巧干，河清可俟果然真。

【作者简介】

董必武（1886—1975 年），原名董贤琮，又名董用威，号壁伍，湖北省黄安（今红安）人，是中国共产党的创始人之一，中华人民共和国的缔造者之一，杰出的无产阶级革命家、马克思主义的政治家和法学家，中共第一代领导集体的成员和国家的重要领导人。主要著作有《董必武选集》《董必武政治法律文集》《董必武诗选》《董必武年谱》。

【注释】

①1960 年 5 月 23 日，中华人民共和国副主席董必武视察三门峡水利枢纽工程，亲笔题词“控制三门峡变黄河水害为水利，功迈大禹”，并写此诗。

三 门 峡

郭小川

山还是那样高，湖还是那样宽，
刚刚告别昆明，滇池难道和我结伴下河南？！
风却是这么清，水却是这么蓝，
明明在中原落脚，为什么又像遨游西子湖边？！

不是滇池的水呀，不是滇池岸边的山，
滇池的山水，哪有这儿土热、山新、水味甜！
不是西湖的风呀，不是西湖上的云烟，
西湖的风光，哪有这儿天高、云淡、景色鲜！

来到了黄河滩——不见黄河面，
但见那溢流坝下，喷云、飞雪、开放白牡丹；
来到了三门峡——三门落深渊，
威风凛凛一条坝，把峡谷变成一座马蹄形的山。

旧梳妆台打碎啦，“娘娘”住进了新宫殿，
英雄的儿女，用双手将方圆几千里的明镜高悬；
炼丹炉熄火了，中流砥柱换了班，
水电站的电流，就要乘风架线走中原。

狮子头垂下去啦，混龙不再叫啸滚翻，
昨天的黄土坡上，飞荡着载满歌声的船帆；
神鬼失灵了，禹王爷爷赋了闲，

勤快的姑娘，在黄河水里洗净了雪白的衣衫。

古代文明的发源地啊，中华民族的摇篮，
于今换上新装，朝见社会主义的新市面；
招灾闯祸的浪荡子啊，横冲直撞的疯癫汉，
从此改邪归正，把一腔热血交付万顷良田。

永别了，浊黄的河流——水库的祖先，
你一去不返，可有什么教训留给人间？
你呀，一不怕符咒，二不怕神仙，
怕的是：英雄们的意志压倒了巨浪狂澜。

欢迎啊，新生的长坝——大跃进的标杆，
你初到世上，可存下什么永志不忘的纪念？
你呀，一不刻碑文，二不录诗篇，
只记下：巨人的脑汁汗液埋葬了万险千难。

我用心血作酒浆，高举杯盏，
祝贺我们的祖国，通过了又一次严峻的考验；
我以胆汁当墨水，写下誓言，
请求我们的时代，把更重的担子放在我们的双肩。

请看吧，三门峡水库就是我们的证件，
拦河大坝高过天，也不及中国人民的信念；
相信吧，三门峡做出最公正的判断，
水库容量大如海，也不及中国人民的心田。

（作于 1961 年 12 月，选自《郭小川诗选》，人民文学出版社 1977 年出版）

【作者简介】

郭小川(1919—1976年),原名郭恩大,河北丰宁人,中国近代著名诗人。曾任冀察热辽《群众日报》副总编辑兼《大众日报》负责人,《天津日报》编辑部主任,中国作协党组副书记、书记处书记兼秘书长,《诗刊》编委等。主要著作有《平原老人》《投入火热的斗争》《致青年公民》《鹏程万里》《将军三部曲》《甘蔗林——青纱帐》《昆仑行》等,还有一些政论、杂文作品。

东 航 记[1]

青 勃

踏着泥泞的阡陌
我在太阳渡登船
十月
晴天
开船了
风像大鹏的翅膀
涛声响在耳边
我变成冰箱里的鱼
冻僵在冬天

不用拉纤
不是木船
不是往昔
运载的苦难
东去三门峡
这是黄河新的航线
我们是黄河笔会
我们是诗之船

“风在吼
马在啸……”
越冷
歌声越甜

突然起了快乐的躁动
我们把老诗人围在中间
密集的人群围成炉火
我们的身体在颤栗
我们的心却是火炭

黄河
我们来了
来了就接受你的迎接
来了就接受你的考验
披风踏浪东去水库
登上三门峡的城堡
回望羊角落照圆
经过风冻
经过锤炼
黄河诗人
我们是你的男子汉

（作于 1986 年 10 月，选自《莽原》1988 年 02 期）

【作者简介】

青勃（1921—1991 年），原名赵青勃，河北隆尧人，河南省文联专业作家，曾任河南省第五、六届政协委员。著有诗集《号角在哭泣》《巨人的脚下》《鼓声》《最后的地狱》《愤怒》《乐园集》《引玉集》《绿叶的声音》《绿色的梦》《黎明的故事》等 18 部著作。其诗歌《泰山日出歌》获 1982 年河南省优秀作品奖，《中原油田歌》获 1985 年《莽原》文学奖，《到黄河游览去》获 1988 年《郑州晚报》优秀副刊奖。

沁园春·黄河颂倚声广洋

喻蘅

亹亹①昆仑，漭漭阳陵，大壑在东。
更汤汤骇浪，南迷楚望，滔滔德水，北浸尧封。
沉璧无灵，负薪莫救②，千里奔腾宇舍空。
思往事，恁黄流泛滥，天汉疑通。

谁期再凿鸿蒙。
迈禹步、辛勤正八风。
喜三门高锁，碧波清晏，二川分导，积石从容。
九里滋膏，六亲惠泽，无复流离道路中。
吟望处，正天街箫鼓，喁唱声同。

（选自《艺文随笔》，复旦大学出版社 1987 年出版）

【作者简介】

喻蘅（1922—2012 年），字楚芗，号若水，江苏白驹人，晚年自号邯翁，诗词名家，复旦大学教授。

【注释】

① 亹（wěi）：勤勉不倦的样子。

② 负薪莫救：《史记·河渠志》记载，西汉元光三年（公元前 132 年），河决于瓠子，天子自临决河，沉白马玉璧于河，令群臣从官自将军以下，皆负薪填决河。

黄 河 游

石 祥

（一）

九曲黄河千古流，
流不尽浑浊的血泪和忧愁。
谁见过黄河水变清？
谁想过黄河能旅游？
鱼在树上飞，
船在天上走；
纵看似画廊，
横看如锦绣。
一路风光赏不尽，
两岸美景看不够。

（二）

三门黄河变清流，
恨不能捧起碧波喝一口。
谁见过黄河腾细浪？
谁见过黄土变绿洲？
鸟在水中飞，
人在画中走，
登岸寻名胜，
古今阅千秋。
四海游客齐赞美，
千歌万曲唱不够。

（三）

是谁说：

跳到黄河洗不清；
看如今：
躺在黄河里也能洁身。
再不是：
半桶黄水半桶沙，
只见那：
一片清流一片春。
惊涛骇浪无处寻，
碧波荡漾到三门，
两岸桃花一湖水，
水中蓝天映白云。

（四）

是谁说：
不到黄河不死心；
看如今：
到了黄河心情更振奋。
再不闻：
儿哭娘叫虎狼嚎，
只听那：
百鸟欢唱传佳音。
登上游艇四处望，
八方来客论古今，
黄河美景谁描绘？
朴实可爱的三门峡人。

（作于1991年5月，选自《三门峡名胜诗选》，中州古籍出版社1992年出版）

【作者简介】

石祥（1939— ），河北清河人，军旅诗人、歌词作家、书法家，曾任中国音乐文学学会副主席，中国老年作家协会会长，北京军区政治部文艺创作室原主任。1988 年被授予大校军衔，专业技术 3 级（军级），国家一级文学创作者，享受政府特殊津贴。曾先后创作歌词《毛主席是各族人民心中的红太阳》《祖国一片新面貌》《十五的月亮》《望星空》《中国人民解放军驻香港部队军歌》等，著有诗集《兵之歌》《新的长征》《骆驼草》。

中流砥柱思君容

——在纪念魏巍同志诞辰100周年学术研讨会上的书面发言

贺敬之

魏巍和我是数十年肝胆相照、荣辱与共的好同志、好战友、好朋友。中国红色文化研究会举办纪念魏巍同志百年诞辰学术研讨会，是一个告慰逝者、激励生者的举措，我表示赞赏和支持。

我因身体原因不能参加会议，故翻出于 1998 年 9 月在三门峡写给魏巍同志的三首诗，请润为同志在会上读一下，以表达我对他的深深敬意和无尽思念。

致魏巍同志

（其一）

群山巍巍耸群峰，
魏巍矗立势峥嵘。
百年人民文学史，
君在亿万民心中。

（其二）

太行红杨[1]上甘松，
东方破晓击晨钟。
世纪问答谁可爱？
笔绘地球飘带红[2]。

（其三）

清流几见浊流涌，
夕阳翻作朝阳升。
我访三门遥致敬，
中流砥柱思君容。

（1998年9月20日作于三门峡，选自2000年5月25日《解放军报》）

【注释】

① 太行红杨：魏巍在太行山时期用笔名“红杨树”。

② 世纪问答谁可爱？笔绘地球飘带红：指魏巍名作《东方》《谁是最可爱的人》及《地球的红飘带》。

三门峡：三门的霞

王怀让

序　诗

……自从4000多年前的那个辉煌的清晨——巍峨的禹王
站在这里天问、地问，问那自天而来的滔滔滚滚
他的手中握着一个部落的力量！
他的斧上淬着一个民族的精神！
面对大山
一斧，劈开一个大门！
又一斧，劈开第二个大门！
第三斧，劈开第三个大门！
从此中国的地理上就多了一个地名：三门
三门啊，三个向着高原迎接天上来客的大门！
三门啊，三个向着大海欢送黄河挺进的大门！
从此中国的峡谷中又多了一个弟兄：三门峡
三门峡啊，三门的峡，峡着鬼门、人门和神门！
三门峡啊，三门的霞，三门里奔涌着霞光和云锦！
当黄河
把4000多个岁月不舍昼夜地流进大海
当波涛
从天上把公元1957年隆重热烈地接来
一个民族
把一个理想交给了一群人的青春年代，
这一群人

代表着一个民族在这里把河山重新安排！
于是，
中国水利史上万里黄河第一坝——三门峡大坝
像旭日一样从这群人的手中升出来、升起来、升高来！
于是，
中国地图册里一座年轻的城市——三门峡市
像三门峡大坝一样从这群人的手上长出来、长起来、长高来！
啊，黄河之水天上来，
流到此处最澎湃
澎湃着三门峡市的神情神色和神采……
啊，黄河之水向大海，
从此出发更豪迈
豪迈着三门峡人的气质、气度和气概……

历史之门的霞光万道

鬼门是历史之门。
鬼门里流着历史
不是历史死去的尸骨和鬼，而是历史的不死的灵魂！
这里流淌着仰韶文化的流水。
1921 年，当中国的一批人从地下走到地上
向着太阳去开采中国未来的光辉，
中国的另一批人却从地上走到地下
去挖掘五六千年以前我们祖先的梦寐
祖先们已从洞穴走出，
住进茅屋草舍去听雨打风吹，
去看云蒸霞蔚
他们把石头磨制成铲和锛去耕耘青翠，
磨制成斧和凿去收获谷穗……

他们把兽骨制作成纺轮和线坠去纺线织布，
制作成骨针和骨锥去缝制衣被……
他们还发明了烧制工艺，
把泥土烧制成鼎、罐、缸、碗和杯，
去盛放谷物、食品、酒和水……
他们已经开始创造艺术，
那陶器上的精美图案至今仍令人赞叹赞美
宽带纹好像飘飘欲飞……
花瓣纹似乎散发芳菲……
网纹是要网住幸福吗？
鱼纹是表示对自由的追随？
走在仰韶村的夏日里，
我的脚似乎变成了耳朵，每一步都能听到
祖先们的呼吸和滴答滴答滴落的汗水
我知道
这是祖先们在昭示我辈：劳动创造了人类！
仰韶村的地层是中华民族最早的劳动岗位……
这里汹涌着禹王治水的浩气。
那岩石上的深坑可是禹王的马蹄？
那山崖上的裂缝可是禹王的斧迹？
当禹王在大山上劈出三门，
那气派那气势竟然吸引了王母的注意！
她老人家下凡视察禹王的功绩，
居然带着梳妆的镜子和胭脂，
把梳妆台架在滔滔的黄河浪里……
而今梳妆台的底座仍在，
整个黄河就是一面镜子，

映照着正在梳妆的三门峡的美丽……
禹王的水利工程也感动了上帝，
派来神仙把一座纪念碑在黄河里高高竖起！
那山一样的纪念碑我们必须仰视，
就是洪水也从来没有敢于和它说高论低！
亿万斯年雨打风吹来，
万古岁月波卷浪淘去，
风雨和浪涛在纪念碑上雕刻出不朽的碑记：
中流砥柱！
民族铁脊！
这里奔腾着西周的车马和兵阵。
马萧萧……
车辚辚……
旌旗蔽日……
鼙鼓遏云……
这是虢国在进军！
请看这个“虢”字，
一个武士手持兵器同猛虎在撕拼，
可以想像虢国在当时是何等的强盛和盛气凌人！
但是它失败了，
它被晋国人的聪明葬进了野草孤坟……
那坟头上长出了两个成语
“假虞灭虢”
这奸诈的智慧；
“唇亡齿寒”
这滴血的教训……
这里激荡着道教的不灭的光芒。

一个老者
骑着一头青牛自豫东而西向，
出了函谷关
便住下来在竹简上摊开自己的想像
五千言的《道德经》
就是在这座中国古代著名的雄关函谷关，
装订成一个思想的雄关和一个雄关般的思想，
任由后人的心灵和目光走过去，走向文明的广场……
这里还有黄帝铸鼎的原。
原上至今仍有我们可以想像的黄帝采铜和汲水的宏大的震撼……
这里还有秦赵会盟的台。
站在这里我们可以凭吊那气吞八荒的始皇的风采……
这里还有空相寺。
来到寺前我们可以看到达摩的墓上长出的念念有词……
这里还有石壕村。
走进村里我们可以听到杜甫的毛驴驮起的悲愤歌吟……
啊，历史就是这样
从历史之门浩浩荡荡地流来
把历史的每一页摞起来
正好就是今人的高度、今人的气派！
站在历史的肩膀上前进，
三门峡披着满身的霞彩，
走好今天的每一步，
因为对于后人我们又是古代
我们的脚印
是要续写到黄帝的足迹后面的呀！

我们的指纹
是要和禹王的斧迹叠印在一块的呀!
三门峡该怎样梳妆，梳妆台安排得是多么的精彩!
三门峡该怎样站立，
中流砥柱指示得是何等的明白!

现实之门的霞光万丈

人门是现实之门。
人门里流着今天
今天的三门峡人以及他们的新闻!
220 万人民是一个蓬勃的方阵，
接连不断的新闻是这个方阵前面飘扬着的旗帜的彩云……
看啊，他来了。
他叫包有民，
是灵宝市的一个村支部书记!
作为书记，他总是很慎重地做出决议;
他做出的一项家庭决议分量太重了，
全村人用了暴风雨般的掌声才把这决议抬起
他把自家的千万元资产全部捐赠给村里，
同时捐赠的还有自家的一个金矿以及这个金矿的金子般的效益!
人们说：共产党人是人中的金子，
而他，是金子中的金子，
无论在哪里都会是光彩熠熠，
这光彩在村民们的脚上熠熠，
平展展的水泥路便铺展在千家的脚底……
这光彩在村民们的灶上熠熠，
哗啦啦的自来水便流进了万户的肠胃……

这光彩在孩子们的脸上熠熠，
村里的幼儿园便建成了灵宝市的第一……
这光彩在老人们的身上熠熠，
村里的老人们便经常坐着他的车到城里就医……
他的村子不远处
就是老子写作《道德经》的圣地；
站在山上看他的村子
那马路上的足迹，
那自来水的涟漪，
那老人的晚霞，
那孩子的晨曦……
每一块石，
每一滴水，
每一栋楼，
每一方地，
都像是一个方块字，
这是包有民写作的社会主义的《道德经》啊，
很深刻，很新意！
啊啊，他去了
他叫程怀昌，
是陕县的一个村委会的主任
像他的名字一样，
他的怀里跳动着一颗让村子昌盛的心，
在半年的时间里
他的体重就瘦去 30 多斤！
这 30 多斤体重到哪里去了？
有的夯进了新修村路的路基……

有的打进了新建小学的墙根……
有的埋进了旧村改造的废墟……
有的长进了荒坡造林的绿荫……
物质不灭呀，绿肥红瘦
他瘦了，村子却长得崭新，长出了生机勃勃的青春！
他最终活活地累死了，
他把自己的后半辈子集中在42年里消耗殆尽！
如此地集中使用生命，
42岁，让人想到一个也是在42岁倒下的共产党人——焦裕禄！
程怀昌和焦裕禄是元素周期表上的同一种元素呀，
程怀昌和焦裕禄是人类基因图中的同一种基因！
为他送行的时候，
全村人的泪水谁知道流了多少吨，
这些泪水洒在田野上来年将长出十里芳芬……
看啊，这个闺女，
她把自己化合成公仆、亲人和母亲的三位一体！
她说自己是公家的仆人。
因为是公家的仆人，所以她的节假日和星期天从不休息！
“难道犯罪分子会因为节假日而给罪孽放假？”
“难道我身上的病魔会因为星期天而停止侵袭？”
她熬药熬破的七个砂锅哟，打破砂锅问到底：
一个“办案状元”是怎样“熬”出来的？
请看，她心中如山的案例，
而医院里却堆积着她四次大手术的如山的病历……
对待犯罪分子她是仇人，
她的眼像冰一样冷酷而坚毅，

而对待他们的亲属她是亲人，
她的心像火一样充满了热力，
当她把作业本送给犯人的孩子的时候，
孩子在家里把作业写得工工整整，
犯人也在狱中把“作业”写得整整齐齐……
她还以母亲的名义，
资助一个远在陕北的“儿子”，
从自己孱弱的身体中挤出来一部分生命当作铺路的石子，
把“儿子”从小学一直送上大学的教楼的阶梯……
灵宝这个地方
自古就是美人的故里
一个杨玉环以天生丽质曾经倾倒了唐朝的万里社稷……
我们的检察官白洁呀，
堪称真正的美丽
她是形象美和心灵美的完美的统一！
正是这种真正的美走进了老百姓的心里、
也走进了省委书记的视线里，
又从省委书记的视线里走上人民的口碑和新闻的头题……
看啊，这个群体，
他们把自己分解成阳光、空气和水的三种形体！
是真正的阳光。
不光是写在墙上的
“累了你就歇歇脚”，
是洒在群众心上的阳光的暖意
譬如一个村子的上空，
当阳光扫去云翳，
群众便像庄稼拔节那样咯嘣嘣，

关节上长出来许多力气；
心里头开放出许多欢喜……
是真正的空气。
不光是写在墙上的
“气了你就消消火”，
是输进群众肺里的新鲜的氧气
譬如一个住院的病人，
当因为用药纠缠而危在旦夕；
他们即刻把有关部门召集到一起“会诊”用药问题。
“会诊”是良药一剂，
病人的肺叶便立刻自由呼吸，
家属的脸上便马上写上满意……
是真正的水。
不光是写在墙上的
“渴了你就喝杯茶”，
是洒在旱地里的及时的雨水
譬如一个小区的下水管道，
长期堵塞冒出来多少乌烟瘴气；
他们用政策的开关协调了各方利益。
下水道疏通了，
被疏通的更是群众心脏的血液，
被连接的还有党和群众的关系……
这就是义马市群众工作局
群众工作的局面和局势，
群众工作的格局和棋局，
这个棋局最终摆上了总书记的案头，
总书记高瞻远瞩地走出一颗棋子

这颗棋子叫作：全国都来学习！

未来之门的霞光万里

神门是未来之门。
神门的波涛和三门峡一道走向大海，
参与大海的浩瀚和对于太阳的汹涌澎湃！
未来是今天的儿子。
今天的体魄决定着未来的高度。
三门峡是站在地下有 66 种矿藏的土地上长大的，
他的底气很足！
是站在地上有 3000 多条河流的土地上长高的，
他的腰杆很粗！
三门峡是彩色的
煤的黑，让人想到夜色深处那熊熊的火柱……
金的黄，让人想到秋色深处那烂漫的成熟……
铝的白，让人想到北国风光那大雪的飞舞……
果的红，让人想到胜利时刻那红旗的欢呼……
大自然把这么多的颜色赐予了三门峡，
三门峡，
老天爷看着你在 1 万多平方公里的画布上画怎样的画图？
三门峡在画能源基地的画图。
大气魄一吐
水便像煤一样燃烧成火焰！
煤便像水一样流泻出瀑布！
谁说水火不容，
在这里水和火是如此的情同手足，
手拉手
把三门峡拉进能源大市的队伍……

三门峡在画铝工业基地的画图。
大格局一铺
由铝矾土，到氧化铝，再到铝箔和汽车轮毂……
三门峡人的脚步连接起全中国的道路，
推动了全世界的速度
全中国的道路、
全世界的速度，
也因此带动了三门峡的大步与跑步……
三门峡在画煤化工基地的画图。
大构思一出
固体的煤变成了气体上路，
通过管道走进了千家万户
同志，如果你的家里用着三门峡的煤气，
那炉灶上的红色火苗，
那浴室里的温馨水柱，
你不觉得那是三门峡的热情和汗珠？
三门峡在画黄金基地的画图。
大手笔大度
三门峡的灵宝可谓有灵气的一方宝土，
她的小秦岭有黄金很勤奋地走出，
她也因此穿戴上“中国金城”的装束。
朋友，如果你的身上戴着灵宝产的饰物，
你在朋友面前的得意，
你在公众场合的炫目，
你不觉得那是三门峡的纯度和亮度？
三门峡在画林果业基地的画图。
大文章大路

三门峡的秋色是以苹果为主题的，
苹果的颜色像三门峡人的脸色一样给人美的感悟。
三门峡的苹果每一个都像一颗太阳那样成熟，
有的照耀着中国，
有的照耀着阿尔及利亚、新加坡、泰国或者印度……
这种被称之为“三门峡的芬芳”的芬芳
不但香了中国的感觉，
也甜了世界的思路；
这种被称之为“三门峡的颜色”的颜色
不但美丽了中国的脸色，
也漂亮了世界的肌肤……
正像西伯利亚的白天鹅
爱上了三门峡湿地的湿度，
不远万里迁徙此处栖息出水域辽阔的天鹅湖……
盛唐气象的“大唐”、
浪漫风度的“开曼”、
一身豪迈的“中迈”、
满眼希望的“希望”……
等等这些省外的和国外的大公司们
相中了三门峡的山水和人物，
他们把大把大把的资金投向这一片热土，
就像农民在土地上播撒五谷……
而三门峡的热土
对于外商也像对于农民那样舍得付出，
谁播下种子谁就会拥有摇钱树……
今日之三门峡，
整个版图就是一个浩大的工地，

又是一张恢弘的蓝图
工地上第二期建筑是这样地令人欢欣!
蓝图上第三期工程是如此地令人鼓舞!
对于“一”“二”和“三”就是未来
未来的速度和未来的高度……
未来的风度和未来的气度……
河南省在注目
全中国在瞩目
看三门峡
新打下的奠基石在地下把根须扎得是何等地牢固!
新竖起的脚手架向空中将长出一棵多么葳蕤的大树!

尾歌

啊，明年——2007年

将是黄河自北向东拐弯处的那个醒目的圆圈印刷在中国地图上的50周年……

大坝下的涟漪……
城市的外环……
以及所有马达和车轮的旋转……
都是她的年轮一圈一圈……
整个三门峡在排练
绿树舞动着手臂，
高楼踮起了脚尖，

就连从西伯利亚飞来的白天鹅也在紧张地排练《天鹅湖》准备盛大的庆典……

印制请柬，

我们用煤的黑、铝的白、金的黄、苹果的红艳以及天鹅湖的天蓝，

印制五彩缤纷的请柬

请曾经到三门峡来视察过工作的周恩来同志、刘少奇同志、邓小平同志、江泽民同志……

再到三门峡来走一走，看一看，

让他们无限欣慰地说：

我们的预言已经实现！

明日的三门峡肯定会更加灿烂！

请曾经为三门峡写过光辉诗篇的董必武同志、郭沫若同志、贺敬之同志、郭小川同志……

再到三门峡来写新诗，赋新篇，

让他们感慨万千地说：

今日之三门峡比我们当年的诗句更要十倍地浪漫！

明日的三门峡该怎样抒写呢？

写在地上，

那是绚丽画卷；

写到天上，

那是朝霞满天……

（作于2006年8月，选自2006年8月《河南日报》）

【作者简介】

王怀让（1942—2009年），河南济源人，当代诗人，中国作协会员、中国戏剧家协会（简称中国剧协）会员。曾任河南省文联主席团成员、河南省作协副主席、河南省报纸副刊协会会长、郑州大学客座教授，国务院命名的享受政府特殊津贴的有突出贡献的专家。出版诗文集21种，代表作有“三人”“三作”“新三吏”“新三别”。

第三篇

散文

河　水

［北魏］　郦道元

河水自潼关东北流，水侧有长坂，谓之黄巷坂[①]。坂傍[②]绝涧，陟[③]此坂以升潼关，所谓溯黄巷以济潼[④]矣。历北出东崤，通谓之函谷关也。邃岸天高，空谷幽深，涧道之峡，车不方轨[⑤]，号曰天险。故《西京赋》[⑥]曰：岩险周固，衿带易守[⑦]，所谓秦得百二，并吞诸侯也[⑧]。是以王元说隗嚣[⑨]曰：请以一丸泥东封函谷关，图王不成，其弊足霸矣。

砥柱，山名也。昔禹治洪水，山陵当水者凿之，故破山以通河。河水分流，包山而过，山见[⑩]水中若柱然，故曰砥柱也。三穿既决，水流疏分，指状表目[⑪]，亦谓之三门矣。自砥柱已下，五户已上[⑫]，其间百二十里，河中竦石桀出[⑬]，势连襄[⑭]陆，盖亦禹凿以通河，疑此阏流也[⑮]。其山虽辟，尚梗湍流，激石云洄[⑯]，澴[⑰]波怒溢，合有十九滩，水流迅急，势同三峡[⑱]，破害舟船，自古所患。

【作者简介】

郦道元（约 466—527 年），字善长，范阳涿州（今河北涿州）人，北魏时期官员，地理学家。撰有《水经注》四十卷，文笔隽永，描写生动，既是一部内容丰富多彩的地理著作，也是一部优美的山水散文汇集，成为中国游记文学的开创者，对后世游记散文的发展影响颇大。

【注释】

① 黄巷坂：在灵宝市西。坂，斜坡。

② 傍：靠。

③ 陟：登。

④ 溯黄巷以济潼：语见晋人潘岳《西征赋》，意为向黄巷坂上走以达潼关。溯：向。

⑤ 车不方轨：两车不能并行。方：据《说文》，并舟之形。

⑥《西京赋》：东汉张衡作。

⑦ 岩险周固，衿带易守：意为地势险固，山河围绕，易守而难攻。衿带：回环交互，如衿如带。衿：同襟，衣领相交（古时衣服，斜领下伸于衿，故称领为衿）。

⑧ 秦得百二，并吞诸侯也：《史记·高祖本纪》中“秦形胜之国，带山河之险，县（悬）隔千里，持戟百万，秦得百二焉”。意为秦据险固之势，二万人足以抵挡诸侯百万之师，有力量并吞他国。百二：百分之二。

⑨ 王元说隗嚣：《后汉书·隗传》：“（王）元请以一丸泥为大王东封函谷关，此万世一时也。若计不及此，且畜养士马，据隘自守，旷日持久，以待四方之变，图王不成，其弊犹足以霸。”弊：同敝。其弊意为“最不好”之类。此为元劝割据陇西的隗嚣勿归顺汉光武帝之语。

⑩ 见：同“现”。

⑪ 指状表目：按照形状取名。表：揭明。目：名目。

⑫ 已下、已上之已：均同“以”。五户：五户滩。

⑬ 竦石桀出：耸立的岩石高出水面。竦：同“耸”。桀：特。

⑭ 襄：高。

⑮ 疑此阏流也：想来这就是阏流。阏：壅塞。流：水流，指河水。东汉郑玄以为阏流在西河（今陕西大荔县境），郦道元以为即三门河中耸立之礁石，故说“疑此阏流也”。

⑯ 云洄：水流像云朵一样回旋。

⑰ 澴：水波流转的样子。

⑱ 三峡：长江上游瞿塘峡、巫峡、西陵峡的总称。

游三门记

［唐］ 王 翰

三门集津[1]，在平陆县治东六十里，道[2]由东西延至黄堆[3]，循河东下，再行十里，至其处。河南山脊峻下[4]，其尾置于北山、凿山，作三门以通河流。南者为鬼门，中为人门，次北[5]为神门。又次北为开元新开河[6]，又以中为夜叉门，北为金门。新开河为公主河，未详其说也。鬼门迫窄，水势极峻急。人门水稍平缓，直东可十五步，中流有小山，乃砥柱[7]也。又东十步，其水潆回[8]，谓之海眼，深不可测。神门最修广，水安妥，盖唐宋漕运之道。山岩上有阁道[9]，且牵泐石深尺许[10]。正南下五十步，有石耸起，侧视若香炉然。又东三十步，一峰可高数丈，不甚奇。新开河南北广约二丈，其岸石如甃[11]，又如绳之取直[12]者。行百余步与神门水合[13]。其南一峰壁立，度二百尺许，极奇秀，非飞举者不可至，不知其始。或谓老君炼丹炉[14]，盖神之也。新开河左，就岩石下刻宋金人题名并诗，且刻“翠阴禹功”。二岩稍东，刻“忠孝清慎”四字，字画若颜鲁公[15]书者。其南山上有石，巉然[16]如鸱[17]蹲者，人号挂鼓石，盖禹用以节时齐力[18]也。

自新开河东口涉水上山，旧有开化寺，今不存。有小祠象龙神[19]者。前碑剥落不可模，不知何时立。祠檐下二石，其状如碑，无字，上作三窍，一碑盖金源兴定[20]十二年修禹庙之记也。回至西可二里，上山谒禹庙而还。

所至处皆用小律诗[21]记之。偕行者生员张恭、马喜、王兴也。时洪武十七年二月二十八日记。

【作者简介】

王翰（687—726年），字子羽，并州晋阳（今山西太原）人，唐代边塞诗人，与王昌龄同时期，王翰是一个有才气的诗人，其集却不传，其诗载于《全唐诗》的仅有14首。

【注释】

① 三门集津：黄河所经之三门山。三门，由北向南，依次为人门、神门、鬼门，本文所记顺序，与此有异。

② 道：取道。

③ 黄堆：地名。

④ 峻下：陡峻而下。

⑤ 次北：依次而北。

⑥ 开元新开河：唐玄宗开元二十九年（741年），陕郡太守李齐物为通漕运，在伸入河心之半岛上开凿运河，河中因又多一孤岛，称人门岛，新开运河称“开元新河”，或曰“公主河”“娘娘河”。

⑦ 砥柱：三门下之石岛，即“中流砥柱”。

⑧ 潆回：水势回旋的样子。

⑨ 阁道：栈道。

⑩ 牵泐石深尺许：拉纤刻勒得石印一尺多深。牵：同纤，拉纤绳索。泐：同勒。

⑪ 甃：本指以砖石砌井壁为甃，此指河岸如人工以石成。

⑫ 绳之取直：指石工用墨绳取直，意即如用线标过一样直挺而又整齐。

⑬ 与神门水合：指公主河与神门水汇流。

⑭ 老君炼丹炉：砥柱东有张公岛，俗传老君曾于其上炼治丹药，救治世人，故又名老君炼丹炉。

⑮ 颜鲁公：唐代书法家颜真卿，字清臣，京兆万年（今陕西省西安市）人，封鲁国公，史称“颜鲁公”，其书大气磅礴，影响后世深远。

⑯ 巉然：山石高险的样子。

⑰ 鸱：猫头。

⑱ 节时齐力：掌握时间，使凿山开道的人一起用力。节：节制。

⑲ 象龙神：供龙神之像。

⑳ 兴定：金宣宗年号，1217—1222年。

㉑ 小律诗：五言、七言绝句。

砥　柱

［明］　都　穆

砥柱在陕州东五十里，黄河之中。以其形似柱，故名。《禹贡》[1]谓导河东至于砥柱，即此。癸酉五月，道陕，会佥宪[2]段君文济饮间言及，跃然欲与之游，以使事不果。十月，予回至陕，则段君已先我游，遂决意而往。

乙卯，知州事颜君如环，命州学生熊釜、张崇勉从予，离州二十里午食。又二十里循河行。十里至三门集津。三门者，中曰神门，南曰鬼门，北曰人门。其始特一巨石，而平如砥，想昔河水泛滥，禹遂凿之为三。水行其间，声激如雷。而鬼门尤为险恶，舟筏一入，鲜有得脱，名之曰鬼，宜矣。三门之广，约二十丈。其东北五十步，即砥柱。崇约三丈，周数丈。相传上有唐太宗碑铭，今不存。

蔡氏《书传》[3]以三门为砥柱，《州志》亦谓砥柱即三门山，皆未尝亲临其地，故谬误若此。又按《隋书》载，大业七年，砥柱山崩壅河，逆流数十里。砥柱，今屹然中流，上无土木，而河之广仅如三门，奚有崩摧而壅河逆流至数十里之远？盖距河两岸皆山，意者当时或崩，人遂以为砥柱，而史氏[4]书之也。孟子曰：“尽信《书》，不如无《书》。”有以哉！

【作者简介】

都穆（1458—1525 年），字玄敬，江苏吴县（今江苏苏州）人。弘治十二年进士，历官工部主事、礼部郎中、太仆少卿。明代文学家，著有《使西日记》《金薤琳琅》《南濠诗略》《南濠诗话》等书。

【注释】

①《禹贡》：《尚书》中的一篇，内有“导河……东至于砥柱”的记载。

② 佥宪：明代监察官佥御史的代称。

③ 蔡氏《书传》：指宋蔡沈《尚书集传》。《尚书·禹贡》：“底柱析城，至于王屋。”蔡沈注曰：“底柱石，在大河中流，其形如柱，今陕州陕县三门山是也。”

④ 史氏：指《隋书》作者。

观底柱记

［明］ 吕 柟

底柱在平陆县东五十里，大河[1]自蒲津[2]西来，至是微折而南，是柱正当转曲之间，在三门山之阳[3]，紫金、骆驼二峰之西，其形如柱，植立[4]河中。

今年内滨祁公[5]、谷泉储[6]公约往观之。乃七月三日至平陆，同刘虞州[7]缘[8]河北岸崎岖而东，至其下。登拜禹庙[9]，出临先门，蹈禾黍中，迤逦南望，仿佛窥其形状，但为双树所蔽翳尔[10]。既坐，三公问砥柱何在，群指而未得。予曰："西岸双树蔽翳而突兀祠前者是也。"乃自临先门之磴而下，东缘河浒[11]至悬崖，去河咫尺[12]，倚崖而立，南望斯柱，形状峭拔，与河中诸峰不同。时暴雨新下，大河泛涨，是柱颇偏西岸。予又疑曰："往何以谓之柱在中流邪？"虞州子[13]曰："河至秋阑[14]冬后，则东流倒于西岸[15]，而是柱正当中尔。"诸公更欲前进，求至其所，而路益隘厄[16]。内滨子乃命绘人扶二吏往，直至紫金峰东与柱相对，而东岸山砰有古刻"底柱"二字及唐、宋、元人铭诗[17]。绘人皆眷来以观，遂开尊[18]河浒之上。内滨子浩然叹曰："斯河也自昆仑、积石[19]而来，北过龙门[20]，东至底柱，纳水不啻[21]万流，过山不啻千里。虽崇岭峻巇[22]，俱避左右，无一能当之者。独此柱高不及数寻[23]，围不及百丈，乃岿然中流，上撑昊天，下系厚地，污浊不染，波荡不去，亘万古而不磨。乃人之一心[24]本与乾坤相通[25]，或为巧言[26]所入，或为正议[27]所拂[28]，遂移其正理，变其常性[29]，乃不若此柱，何耶？"

【作者简介】

吕柟（1479—1542 年），原字大栋，后改字仲木，号泾野，学者称泾野先生，明代学者、教育家。

【注释】

① 大河：黄河。

② 蒲津：又称蒲坂津，在今山西永济。

③ 阳：南。砥柱在三门三岛之东南。

④ 植立：像木柱一样屹立。植，木柱。

⑤ 内滨祁公：祁内滨，时官运城。

⑥ 谷泉储：官万泉（今山西万荣县）。公：敬称。

⑦ 刘虞州：官平陆。

⑧ 缘：顺着。

⑨ 禹庙：当时三门峡有禹庙。

⑩ 但为双树所蔽翳尔：但：只。蔽翳：遮蔽。尔：同“耳”，语气词。句意为只是被两棵树遮住了。

⑪ 浒：河边。

⑫ 去：距。咫尺：比喻极近；咫：长度单位，周制八寸，合今市尺六寸二分。

⑬ 子：先生，敬称。

⑭ 秋阑：秋尽，秋后。

⑮ 东流倒于西岸：指秋后河面变窄，东侧流水减缩，西侧流水照常，犹如东侧之流水倒入西侧。

⑯ 隘厄：险狭。

⑰ 唐、宋、元人铭诗：唐太宗曾命魏征写《砥柱铭》，此后历代为砥柱赋诗题字者众。

⑱ 开尊：摆酒。尊：同“樽”，酒器。

⑲ 昆仑、积石：山名。旧称黄河源于昆仑。积石山，在青海东南部，延至甘肃南部，为昆仑山脉之中支，黄河绕其南侧。

⑳ 龙门：在山西河津、陕西韩城间，两岸壁立千仞，河水从峡谷中穿

过，极为壮观，相传为禹开凿。

㉑ 不啻：不止。

㉒ 峻巘：高山，山峰。

㉓ 数寻：意为数丈。寻：八尺。

㉔ 乃人之一心：指人之本性。乃：则。

㉕ 相通：指有共同特点。

㉖ 巧言：巧谬不实之言。

㉗ 正议：时论。

㉘ 拂：意为影响。

㉙ 常性：本性。

西峪草堂记

[明] 唐顺之

灵宝，陕、洛之冲[1]也。环而山者以数十，而西原[2]独当其僻处。西原蔽秦山[3]之南，委蛇[4]数百里，散而薮者以数十，而西峪又独当其最深处。峪口逼仄[5]，始疑路穷，忽然中开[6]，更出异境。茂树浅草，森阴蔽亏[7]，水泉瀌瀌[8]，若惊蛇出没草间。其人鹿视而穴居[9]，可[10]二十余家。于是许君廷议[11]，游而乐之，乃即峪口作草堂于其上，仰而眺秦山，俯而顾西峪，烟云竹树，隐见千态[12]，不下席而尽取之，其胜又于是为最。

己亥岁[13]，予见许君于京师。君为人嵔达魁岸[14]，尤以兵自雄，余固意其必且为国家建万里勋也[15]。一日与余论草堂之胜，且曰："吾将去而休于此矣。"余笑而诘之曰："君不闻马文渊昆弟[16]之相笑者乎？夫嵬才[17]雄士，其所寄意，必于奔崩[18]汹涌之川，巑岏[19]崔巍之峰，泱漭[20]千里之野，极世间险怪瑰伟超旷之观[21]，然后足以餍其耳目[22]，而发其跌宕濩落不羁[23]之气。若夫耽[24]水竹之清幽，荫树石之蓊荟[25]，此则穷愁枯槁[26]之人，漠然无所振于世，而有以自足其乐于此夫！固各自为尚[27]，而不能两得也。今君试料才气，与文渊、少游竟何似[28]？国家且北收河南[29]，南击交酋[30]之颈，假令据鞍跃马，今之人孰能先君者[31]？乃欲乘款段优游闾里[32]，自比少游，其宁可得耶！三门之间，洪河[33]巨石，怒而抵击[34]，砰砰磕磕[35]，若战鼓然，百里之外有声。而崤、函又秦、汉以来百战故处，过而览者，莫不踌躇[36]，慨然想见乎挥戈溅血，虓虎喑呜之雄[37]。此皆险怪瑰伟，世所骇诧，且近在君衣带间，君何不寄意于此，乃欲自托于寂寞，背嵬才杰士之好，而就穷愁枯槁之所乐，此又何说耶？”

嘻嘻[38]，吾知之矣。君居河上，岂尝受河上公语耶？故曰养辨于其讷[39]，藏勇于其怯。然则君之欲为彼而姑为此也[40]，其有意乎？倏而蠖屈[41]，倏而虎跃，则余不能窥也已。

【作者简介】

唐顺之（1507—1560年），字应德，一字义修，号荆川，武进（今属江苏常州）人。明代儒学大师、军事家、散文家、数学家，抗倭英雄。

【注释】

① 陕、洛之冲：由陕西到洛阳的交通要道。

② 西原：灵宝市城西有黄土原，南接秦岭北麓，北抵黄河南岸，南北长20余公里，当地称作西原。函谷关在其北端。

③ 秦山：指秦岭，从陕西省东延入灵宝。谚云，秦头虢尾，太华相连。灵宝古为虢州。

④ 委蛇：一作“逶迤”，弯弯曲曲、连绵不断的样子。

⑤ 逼仄：狭窄。

⑥ 中开：指峪口渐渐开阔，像门忽然从中打开。

⑦ 森阴蔽亏：高大的树阴遮盖着。森：树木高大的样子。亏：掩蔽，遮盖。

⑧ 漉漉：水流声。

⑨ 穴居：住窑洞。

⑩ 可：约。

⑪ 许君廷议：许论字廷议，许进少子，灵宝梁村人，明嘉靖五年（1526年）进士。幼随父历边境，尽知边塞险易，尝著《九边图论》上之朝廷，自是以知兵闻名。累官至兵部尚书。《明史》有传。其家父子七人，并为朝廷重臣。

⑫ 隐见千态：指烟云竹树，千姿百态，时隐时现，奇妙无比。见：同“现”。

⑬ 己亥岁：嘉靖十八年。

⑭ 鬯达魁岸：言语通畅明达，容貌魁伟雄杰。鬯：同“畅”；魁：魁梧；岸：伟岸、高大。

⑮ 固：本来。意：推想。万里勋：指在万里之外的异域为国建立的功业。

⑯ 马文渊昆弟：指马援与马少游。马援，字文渊，少有大志，为郡督邮，以纵囚亡命北地牧畜，客多归附之。王莽以为新城太尹，莽败，依隗嚣，后归光武。嚣叛据陇西，援于帝前聚米为山，指画形势，因以破嚣。建武中拜伏波将军，平交趾，封新息侯。曾言“男儿要当死于边野，以马革裹尸还葬耳”。后果卒于军中。又曾自叹说，从弟马少游“哀吾慷慨多大志”，并以致求盈余为自找苦吃。故说二人“相笑”。昆弟：兄弟。

⑰ 嵬才：大才。嵬：同“巍”，高大。

⑱ 奔崩：奔腾崩注。崩：水流冲击声。

⑲ 巑岏：形容山峰锐利的样子。

⑳ 泱漭：原意为水面广大的样子，此指原野无边无际。

㉑ 极世间险怪瑰伟超旷之观：指尽览人间险峻、奇异、瑰丽、雄伟、超绝、不凡之景色。

㉒ 餍其耳目：满足自己视听的要求。餍：饱，满足。

㉓ 跌宕濩落不羁：磊落不平，不可羁勒。

㉔ 耽：喜爱。

㉕ 荫树石之翳荟：指在高大的树木石壁下乘凉。翳荟：草木繁茂可供障蔽。

㉖ 枯槁：干枯，此指穷途末路。

㉗ 固各自为尚：各自姑且以自己所行（立功万里或耽竹石清幽）为高尚。固：同“姑”，姑且。

㉘ 与文渊、少游竟何似：究竟与文渊、少游哪一位相似。《后汉书·马援传》引马援的话：“吾从弟少游常哀吾慷慨多大志，曰：士生一世，但取衣食裁足，乘下泽车，御款段马，为郡掾吏，守坟墓，乡里称善人，斯可笑。致求盈余，但自苦耳。当吾在浪泊、西里闲，虏未灭之时，下潦上雾，毒气薰蒸；仰视飞鸢，跕跕堕水中，卧念少游平生时语，何可得也。”

㉙ 河南：指今内蒙古自治区鄂尔多斯一带。当时北方俺答、辛爱把都儿不断寇边，明王朝多次派兵征剿，故云“北收河南”。

㉚ 交酋：交趾的首领。此似指不断骚扰东南沿海一带的倭寇。

㉛ 孰能先君者：有谁能比先生强？先君：先于君，比君在先。

㉜ 乘款段优游闾里：乘骑小马优游乡里。款：缓，小马行走迟缓，故称款段。

㉝ 洪河：大河，即黄河。

㉞ 抵击：互相冲击。

㉟ 砰砰磕磕：水石相交之声。

㊱ 踌躇：徘徊不前的意思。

㊲ 虓虎喑呜之雄：喻勇猛之士。虓虎：虎怒声。喑呜：含怒未发的样子。

㊳ 噫嘻：叹词。

㊴ 养辨于其讷：说话缓慢谨慎，以涵养自己的游才。讷：不善言辞。

㊵ 欲为彼而姑为此：欲养辨藏勇，故姑且像是说话迟缓，有些胆怯。指许廷议退隐西峪，旨在将来为国建功立业。

㊶ 蠖屈：如尺蠖之屈，指暂时屈居山林。

重开河运[①]

［清］　爱新觉罗·玄烨

朕顷巡幸西省，阅视汾渭二水，俱属大河，直与黄河相通。河南等处米谷，似可由黄河转运。但闻三门砥柱水势极溜，船不能上。朕欲往亲阅，因陕州知州奏无路径，断难行走，遂未果行。特命三贝勒允祉[②]同近御侍卫往视。据回奏言，伊等乘骑，涉河一道，阅有神人鬼三门，俱系凿石开通，水从三门流出，其势甚宽，其流甚急。古人于崖上凿有曳船眼孔，但未经以船试验，不知可否行走。前总河靳辅，亦曾奏黄河通于汴河，但淤垫年久，若行疏导即可运粮。朕至河南，阅河南府居各省之中，水路四达，最为紧要之地，应于此处，储积米谷。每年田亩岂能必皆丰收。倘山陕等省间或收成歉薄，即可将此积贮米谷，修造船只，由黄河挽运。若到三门底柱，船不能上，亦可于三门底柱，造船剥运，以至山陕。诚使河路疏通，则商贾人民，大有裨益。所宜于无事之时，豫为筹画者也。豫省每年解京漕粮二十万石有奇，若将豫省三年漕粮截留备用，则陕西等省，虽值歉收之年，将此米谷运至彼处赈济，殊属有益。俟明岁遣大臣往视。

【作者简介】

爱新觉罗·玄烨（1654—1722 年），清代第四位皇帝、清定都北京后第二位皇帝。年号康熙，庙号圣祖，是中国历史上在位时间最长的皇帝。康熙帝是中国统一的多民族国家的捍卫者，奠定了清代兴盛的根基，开创出康乾盛世的局面，被后世学者尊为“千古一帝”。

【注释】

① 本文是康熙四十二年（1703 年）十二月二十日所发的“圣旨”。

② 允祉：爱新觉罗·胤祉，清圣祖爱新觉罗·玄烨第三子。

长安道上（节选）

孙伏园

我是七月七日晚上动身的，那时北京正下着梅雨。这天下午我到青云阁买物，出来遇着大雨，不能行车，遂在青云阁门口等待十余分钟。雨过后上车回寓，见李铁拐斜街地上干白，天空虽有块云来往，却毫无下雨之意。江南人所谓“夏雨隔灰堆，秋雨隔牛背”，此种景象年来每于北地见之，岂真先生所谓“天气转变”欤？从这样充满着江南风味的北京城出来，碰巧沿着黄河往“陕半天”去，私心以为必可躲开梅雨，摆脱江南景色，待我回京时，已是秋高气爽了。而孰知大不然。从近日寄到的《北京报》上，知道北京的雨水还是方兴未艾，而所谓江南景色，则凡我所经各地，又是凄眼皆然。火车出直隶南境，就见两旁田地，渐渐腴润。种植的是各物俱备，有花草，有树木，有庄稼，是冶森林花园田地于一炉，而乡人庐舍，即在这绿色丛中，四处点缀，这不但令人回想江南景色，更令人感得黄河南北，竟有胜过江南景色的了。河南西部连年匪乱，所经各地以此为最枯槁，一入潼关便又有江南风味了。江南的景色，全点染在一个平面上，高的无非是山，低的无非是水而已，决没有如河南、陕西一带，即平地而亦有如许起伏不平之势者。这黄河流域的层层黄土，如果能经人工布置，秀丽必能胜江南十倍。因为所差只是人工，气候上已毫无问题，凡北方所不能种植的树木花草，如丈把高的石榴树，一丈高的木槿花，白色的花与累赘的实，在西安到处皆是，而在北地是未曾见的。

自然所给予他们的并不甚薄，而陕西人因为连年兵荒，弄得活动的能力几乎极微了。原因不但在民国后的战争，历史上从五胡乱华起一直到清末土匪之乱，几乎每代都有大战，一次一次地斫丧陕西人的元气，所以陕西人多是安静、沉默、和顺的；这在智识阶级，或者一部分是关中的累代理学所助成的也未可知；不过劳动阶级也是如此：洋车夫、骡车夫等，在街上互相冲撞，继起的大抵是一阵客气的质问，没有见过恶声相向的。说句笑话，陕西不但人们如此，连狗们也如此。我因为怕中国西部地方太偏僻，特别预备两套衣服带去，后来知道陕西的狗如此客气，终于连衣包也没有打开，并深悔当时以小人之心度君子之腹。（北京尝有目我为日本人者，见陕西之狗应当愧死。）陕西人以此种态度与人相处，当然减少许多争斗，但用来对付自然，是绝对的吃亏的。我们赴陕的时候，火车只能由北京乘至河南陕州，从陕州到潼关，尚有一百八十里黄河水道，可笑我们一共走了足足四天。在南边，出门时常闻人说“顺风”！这句话我们听了都当作过耳春风，谁也不去理会话中的意义；到了这种地方，才顿时觉悟所谓“顺风”者有如此大的价值，平常我们无非托了洋鬼子的“洪福”，来往于火车轮船能达之处，不把顺风逆风放在眼里而已。

黄河的河床高出地面，一般人大都知道，但这是下游的情形，上游并不如此。我们所经陕州到潼关一段，平地每比河面高出三五丈，在船中望去，似乎两岸都是高山，其实山顶就是平地。河床是非常稳固，既不会泛滥，更不会改道，与下游情势大不相同。但下游之所以淤塞，原因还在上游。上游的河岸，虽然高出河面三五丈，但土质并不坚实，一遇大雨，或遇急流，河岸泥壁，可以随时随地、零零碎碎地倒下，夹河水流向下游，造成河床高出地面的危险局势；这完全是上游两岸没有森林的缘故。森林的功用，第一可以巩固河岸，其次最重要的，可以使雨水入河之势转为和缓，不致挟黄土以俱下。我们同行的人，于是在黄河船中，仿佛“上坟船里造祠堂”一般，大计划黄河两岸的森林事业。公家组织绝无希望，故只得先借助于迷信之说，云能种树一株者增寿一纪，伐树一株者减寿如之，使河岸居民踊跃种植。从沿河种起，一直往里种去，以三里为最低限度。造林的目的，本有两方面：其一是养成木材，其二是造成森林。在黄河两岸造林，既是困难事业，灌溉一定不能周到的，所以选材只能取那易于成长而不需灌溉的种类，即白杨、洋槐、柳树等等是已。这不但能使黄河下游永无水患，简直能使黄河流域尽成膏腴，使古文明发源之地再长新芽，使中国顿受一个推陈出新的局面，数千年来梦想不到的“黄河清”也可以立时实现。河中行驶汽船，两岸各设码头，山上建筑美丽的房屋，以石阶达到河边，那时坐在汽船中凭眺两岸景色，我想比现在坐在白篷帆船中时，必将另有一副样子。古来文人大抵有治河计划，见于小说者如《老残游记》与《镜花缘》中，各有洋洋洒洒的大文。而实际上治河官吏，到现在还墨守着“抢堵”两个字。上面所说也无非是废话，看作“上坟船里造祠堂”可也。

我们回来的时候，除黄河以外，又经过渭河。渭河横贯陕西全省，东至潼关，是其下游，发源一直在长安咸阳以上。长安方面，离城三十里，有地曰草滩者，即渭水流经长安之巨埠。从草滩起，东行二百五十里，抵潼关，全属渭河水道。渭河虽在下游，水流也不甚急，故二百五十里竟走了四天有半。两岸与黄河一样，虽间有村落，但不见有捕鱼的。殷周之间的渭河，不知是否这个样子，何以今日竟没有一个渔人影子呢？陕西人的性质，我上面大略说过，渭河两岸全是陕人，其治理渭河的能力盖可想见。我很希望陕西水利局长李仪祉先生的治渭计划一旦实行，陕西的局面必将大有改变，即陕西人之性质亦必将渐由沉静的变为活动的，与今日大不相同了。但据说陕西与甘肃较，陕西还算是得风气之先的省份。陕西的物质生活，总算是低到极点了，一切日常应用的衣食工具，全须仰给于外省，而精神生活方面，则理学气如此其重，已尽够使我惊叹了；但在甘肃，据云物质生活还要低降，而理学的空气还要严重哩。夫死守节是极普遍的道德，即十几岁的寡妇也得遵守，而一般苦人的孩子，十几岁还衣不蔽体，这是多么不调和的现象！我劝甘肃人一句话，就是穿衣服，给那些苦孩子们穿衣服。

但是“穿衣服”这句话，我却不敢用来劝告黄河船上的船夫。你且猜想，替我们摇黄河船的，是怎么样的一种人。我告诉你，他们是赤裸裸一丝不挂的。他们紫黑色的皮肤之下，装着健全的而又美满的骨肉。头发是剪了的，他们只知道自己的舒适，绝不计较“和尚吃洋炮，沙弥戳一刀，留辫子的有功劳”这种利害。他们不屑效法辜汤先生，但也不屑效法我们。什么平头、分头、陆军式、海军式、法国式、美国式，于他们全无意义。他们只知道头发长了应该剪下，并不想到剪剩了的头发上还可以翻种种花样。鞋子是不穿的，所以他们的五个脚趾全是直伸，不像我们从小穿过京式鞋子，这个脚趾压在那个脚趾上，那个脚趾又压在别个脚趾上。我在黄河船中，身体也练好了许多，例如平常必掩窗而卧，船中前后无遮蔽，居然也不觉有头痛身热之患。但比之他们仍是小巫见大巫。太阳还没有作工，他们便作工了。这时候他们就是赤裸裸不挂一丝的，倘使我们当之，恐怕非有棉衣不可。烈日之下，我们一晒着便要头痛，他们整天晒着似乎并不觉得。他们的形体真与希腊的雕像毫无二致，令我们钦佩到极点了。我们何曾没有脱去衣服的勇气，但是羞呀，我们这种身体，除了配给医生看以外，还配给谁看呢，还有脸面再见这样美满发达的完人吗？自然，健全的身体是否宿有健全的精神，是我们想要知道的问题。我们随时留心他们的知识。当我们回来时，舟行渭水与黄河，同行者三人，据船夫推测的年龄是：我最小，“大约一二十岁，虽有胡子，不足为凭”。夏浮筠先生“虽无胡子”，但比我大，总在二十以外。鲁迅先生则在三十左右了。次序是不猜错的，但几乎每人平均减去了二十岁，这因为病色近于少年，健康色近于老年的缘故，不涉他们的知识问题。所以我们看他们的年纪，大抵都是四十上下，而不知内有六十余者、有五十余者、有二十五者、有二十者，亦足见我们的眼光之可怜了。二十五岁的一位，富于研究的性质，我们叫他为研究系（这不是我们的不是了）。他除了用力摇船拉纤以外，有暇便踞在船头或船尾，研究我们的举动。夏先生吃苏打水，水浇在苏打上，如化石灰一般有声，这自然被认为魔术。但是魔术性较少的，他们也件件视为奇事。一天夏先生穿汗衫，他便凝神注视，看他两只手先后伸进袖子去，头再在当中的领窝里钻将出来。夏先生抬头问他“看什么”，他答道，“看穿衣服”。可怜他不知道中国文里有两种“看什么”，一种下面加“惊叹号”的是“不准看”之意，又一种下面加“疑问号”的才是真的问看什么。他竟老老实实地答说“看穿衣服”了。夏先生问“穿衣服都没有看见过吗？”他说“没有看见过”。知识是短少，他们的精神可是健全的。至于物质生活，那自然更低陋。他们看着我们把铁罐一个一个地打开，用筷子夹出鸡肉鱼肉来，觉得很是新鲜，吃完了把空罐给他们又是感激万分了。但是我的见识，何尝不与他们一样的低陋：船上请我们吃面的碗，我的一只是浅浅的、米色的，有几笔疏淡的画的，颇类于出土的宋瓷，我一时喜欢极了，为使将来可以从它唤回黄河船上生活的旧印象起见，所以向他们要来了，而他们的豪爽竟使我惊异，比我们抛弃一个铁罐还要满不在乎。

（选自《伏园游记》，北新书局 1926 年版）

【作者简介】

孙伏园（1894—1966年），原名福源，字养泉，笔名伏庐、柏生、桐柏、松年等，绍兴人。现代散文作家、著名副刊编辑，在新闻学上有民国“副刊大王”之称。其早年在山会师范学堂（现为绍兴文理学院）、北京大学学习，两度成为鲁迅的学生。1921年任北京《晨报》副刊编辑，人称“副刊大王”。鲁迅名作《阿Q正传》即在该报首次连续发表。后又应邀主编《京报》副刊。中华人民共和国成立后，孙伏园被任命为政务院出版总署版本图书馆馆长。其著作主要有《伏园游记》与《鲁迅先生二三事》。

三门峡序曲

徐　迟

三门峡的人们已经在这样说:“到坝头去!”

虽然大坝还没有动工，可是，坝头有着何等雄伟的景色。大自然在这里摆起了一副威严的面孔。浑浊的河水从一座乱石布成的迷宫中奔腾经过,难怪黄河上的老艄公要把它称为“一道衙门”。

这坝头诚然是一幅奇景。首先是峭壁雄流，河山气概磅礴。可是如今,人的气概盖过了河山。高高三座铁索桥,压在三门上面,一幅动人的奇景。跨过铁索桥，履险如夷，我们从右岸走向鬼门岛去，桥下便是鬼门，凶险的水势只供我们观赏。

又一道铁索桥，跨过神门。黄河的主流冲下神门，直向砥柱石冲去。泥沙在旋转激荡中形成花纹，像一个巨大生物的背脊上披覆着鳞甲，在卷动，在跳跃。

从神门岛又跨过一条铁索桥，经过人门，我们到了人门岛，到了左岸。左岸已经是一片建设工地。当河水在这里作90度转弯，激腾起来，冲出三门之时，水声轰响，却远不如右岸那些电铲、推土机和一排排的风钻发出来的噪喀之声那样震耳欲聋。左岸，像战士在进攻一个山头似的，工人们分布在三个工作面上，开挖人门岛。

三门峡的坝头已经一天天地在变化了。人门岛正处于消失的过程中。以后，整个人门岛都要被挖掉的，神门岛和鬼门岛要被淹掉,永远葬在波涛中。从人门岛到左岸中间,横亘着一条娘娘河。我来得总算还不晚，还能看见这条人工开凿的运河。这是在坚硬的闪长玢岩中整整齐齐地凿出来的，唐朝开元年间的一项工程，我几乎要说它是一件石刻艺术，或者说，这是在古人的神奇的设计思想下，建成的一个船闸吧。可惜，以后到坝头来的人，再不能用惊羡的目光来观看这条富有历史韵味的古代河道了。最近的任务就是把它来填没，在娘娘河的上面筑成一条开工以后会非常繁忙的运输公路，只听见风钻声不断地传来。

我在坝头见到了担任左岸工程的一支队伍。这是坝工第一分局的队伍，诞生在官厅，长大在浑河和陡河上，现在来到了黄河。

“大坝将近八九百米长，106 米高，坝顶宽 30 多米。”总工程师对我说。他刚从北京参加了审核三门峡的初步设计的会议回来。“这好比一座大山，横过这里，”说着，指向人门岛最高处的一根旗杆。我看见有一面并没有升起的红旗卷成一卷，盘缠在这根旗杆的下端。“坝轴线从这里通过。”他接着说。

他给我谈到大坝的工程，大坝将分为两期导流：第一期在左岸，正是他们担任的工程，要把人门堵住，让黄河只从鬼门、神门中流走。

第一期的左岸工程包含筑一道围堰，从左岸围到神门岛，围到梳妆台，再围到左岸，团团围成一圈；然后，在围堰中挖去那些风化了的岩石；最后浇灌混凝土坝。预计这一切需要两个枯水期，两个年头，在第三个枯水期之前这部分的坝可以筑到一定的高度。

第二期工程在右岸。第二期工程中，将发生一场和黄河恶战的惊险场面，所谓在神门断流就是不准黄河从神门流过。

第二期工程也要筑围堰，开挖并浇灌，同时安装水电站，预计这一切需要三个枯水期，三个年头。

随着来到的下一个汛期里，三门峡水利枢纽就要开始拦洪蓄水，并让水电站的一部分运转送电了。

现在，巨大的准备工作在进行。三门峡下游在建一座四个桥墩的黄河大桥。四面的山头，比鹰飞翔的还要高得多，公路和铁路盘旋而来。在施工最紧张的时候，那情况是无法描绘的，最高处是一对缆索起重机，中间有门式起重机，下面还有许多爬行的起重机。就像一个交响乐队摆在舞台上，有低音大提琴、中音提琴和小提琴，还有笛子、单簧管、低音大笛、各种铜乐器和打击乐器，拥挤然而和谐。现在，处于施工的前夜，三门峡的人全都在摩拳擦掌，仰头盼望着开工的号令，就像乐队在调整音调，试着听听弦音，等待指挥棒举起。不过，序曲已经奏起了。

当我回到右岸，沿着公路向下游走去，看到中流的一座砥柱石，回首又看到三门展开如一把折扇，砥柱石像扇柄下面的轴心；又看到铁索桥，飞架在三门之上，十分雄伟。这时，我注意到人门岛高处，那面红旗已升到了旗杆顶上。红旗迎风招展，猎猎有声。

忽然警报汽笛拉响了。

这是一种可怕的声音，我并不是不熟悉的。这奇怪的声音突然把我带回到战争时期。铁索桥上的行人也显出了匆忙的神情。可是在我们附近许多修公路的工人却丝毫不觉得惊惶，继续在铺砌岸坡。而第二次，紧急警报的汽笛声拉响了。这声音更叫人心悸，好像已有成百架敌机在向我们飞来，论吨的钢铁和火焰将倾泻而下……

然而，这一次是为和平建设而拉警报啊！

一天三次，三门峡坝头要升起红旗，鸣响警报，然后放炮炸开岩石。这时，左岸娘娘河畔，电铲和推土机已退下阵地，攻山的战士们都不见了，所有的人都已掩蔽起来，只留下点火药线的人了，一会儿连他们也进了避弹室。三门峡如画一样，只有河水奔腾。这时轰轰隆隆的炮声传来了。一瞬之间，人门岛上硝烟迷漫。只见岩石飞溅，巨大的石块腾空而起，火光闪闪。黄河中流，飞起一根根水柱，而峡谷中回荡着爆炸声。

当祖国不再是一片战场，她就成了一片大工地。

最后，爆炸声消失了，一切又安静了下来。解除警报的汽笛声又鸣，人们又回到地面上，电铲和推土机从远处蠕动而来……风钻声又响了。

（选自 1957 年 4 月《人民日报》）

【作者简介】

徐迟（1914—1996 年），浙江吴兴（今湖州）人，诗人、散文家和评论家。曾任《人民中国》编辑、《诗刊》副主编、《外国文学研究》主编，中国作协理事、湖北省文联副主席等职。在报告文学领域做出了突出贡献，代表作有《哥德巴赫猜想》《地质之光》《祁连山下》《生命之树常绿》等。其中，《哥德巴赫猜想》与《地质之光》获中国优秀报告文学奖。2002 年创立“徐迟报告文学奖”，作为中国报告文学学会的学会奖，专门用于关注和奖励中国报告文学创作中的优秀作家作品。著有诗集《二十岁人》、文艺评论集《诗与生活》及《徐迟散文选集》等。

命名的传说

——三门峡散记之一

雷　加

新造的房子出现的时候，这里才有了第一个邮局。邮局的办事员——唯一的一个办事员，却否认这种说法。依照他的见解应该这样说：“造房子这是后来的事，搭第一个帐篷的时候，也不……”他摇了摇头，有些气恼地接着说：“工地上出现第一个工人的时候，我就来了。”

的确像他说的。那时，他是一个邮递员，每天不早不晚，一敲响午饭的钟声，就看见他推着车子来了。

车子是绿色的，非常显眼；绿色的邮包，更加吸引人的眼睛。他从邮包里掏出了信件。信件上写着这个人的名字，或那个人的名字。对于任何名字，都是亲爱的称呼。再说，三门峡这个地名，从在“报告”中出现以后，没有人不知道了，但是寄信人还是不能马上就在地图上找到它。因此，这三个字写起来总有些生疏。奇怪的是，当它已经写在信封上的时候，每个寄信人又立刻听见了滚滚流去的黄河的声音。

黄河的声音，这时真的在邮递员的背后响着了。因为他面对着工地食堂站着，他从我们刚才看见的邮包内拿出了邮票、明信片、汇款单、保价信封……工人们围上来，他们把通向全国的各种心愿，集中在邮递员的身上。感情的洪流淹没了他，甚至他连背后黄河奔流的声音也听不见了。

有一天换了另一个邮递员，这时有人问到：“那一个邮递员呢？”接着在心里回想头一个邮递员是什么样子，很多人想不出来。只知道那一个走了，这一个来了。

那一个走了——他是到第一个出现的史家滩邮局去了。邮局不大，可以说是最小的一个邮局。因为它只有一个办事员，它在新造的竹材土坯的房子里，也仅有一间小小的门面。一只绿色邮箱挂起来，就算开始营业了。午饭后、晚饭后，尤其在休息日，在它的门口常常排起队伍。工地上爆破声一天比一天频繁起来，它的队伍也一天比一天长起来。

门显得低矮，每个人走进去，只见一只木架子上高高地堆着包裹。那么多的包裹，有大的，有小的，仿佛永远取不完。柜台是用土坯砌起来的，上面搁着一块木板。不知为什么柜台要砌得那么高，因此柜台里的那张桌子，就显得十分低了。走进来的人，只能看见办事员的一撮头发。他低着头，一只手不停地写着，另一只手满足着每个人的各种要求。好像没有人端详过他的面孔，事实上他也没有时间去看走进来的每一个人。只是当他下班之后，从那只椅子上伸起酸懒的腰杆时，才对着被浆糊涂得乱七八糟的柜台，出一会儿神。

却说一个建筑过官厅水库的年轻工人，到三门峡来了。这个年轻人过黄河大桥时，才第一次见过黄河。那是冬天，他想象着汛期泛滥的景象：洪水从高出地面的河床上滚下来，淹没了广大的田野。他甚至同时听见了数千数万人民呼救的声音。眼前的黄河，却是另一个样子。它在高深的壑谷中，挟紧了腰身，扭转着，弯曲着，有时迂缓地前进，有时又急湍地奔流，如同一只披着保护色的土龙，在高原壑谷中潜行。岩石上溅起的浪花，就像它的闪光的眼睛，泄露了它的狂野的本性。

这位年轻工人，站在三门峡的陡崖上，下了决心。无疑的，娘娘河的伟迹，激起了他的骄傲。他那双深黑色的眼睛，长久地凝视着鬼门岛上那只马蹄印。他想，这匹马一定是由右岸高原上飞奔而来，它的第一只蹄子落在鬼门岛上，然后纵身跃到左岸去了。它的跨度至少有五百米，蹄印的大小和深度，使他想见这是一匹高头大马，骑在马背上的一定是位巨人。但是这位巨人不再是大禹，而是他自己了。

大禹的神力毕竟不能开凿三门，而他却要削平三门岛，在此建筑起一座拦洪大坝来。

这位年轻工人，早已没有了亲人，只有一位胜似亲人的朋友。他想给他写一封信，他要告诉这位开垦边疆的战友：你开了一块荒田又一块荒田；我也一样，官厅水库刚刚完成，就到三门峡来了。

但是他没有写。他迟疑着。有天晚上，他在怒吼的风声中似乎听见了黄河咆哮的声音，接着骤雨一般的敲打钢轨的声音也响起来了。这是警号。他看见河水塞满了壑谷，“中流砥柱”早已淹没了，“梳妆台”仅仅露着尖顶，鬼门岛和神门岛就像地震中的蜡台一样，摇摇欲坠……忽然他惊醒了，原来是在做梦。他推开房门走了出来，迎面落下一片白晶晶的月光。在他脚下流过的黄河，白天显得如此浑浊可怕，想不到这时它却闪着一层黄铜般的光波。瑰丽可爱的景色，如同一滴甘露滴进了他的心胸，他感动得落下泪来。

刚才惊悸的心情消失了。他仿佛望见了一片深绿色的湖水，从脚下展开。荡来一阵阵清风，像是微语——这也许是下游八千万人民在梦中寄来的希望。

这位年轻的水工建设者，立刻给他的战友写了第一封信。他说他爱黄河，爱三门峡。他又接着说，他一直在爱着，但是没有比现在更爱它了。

于是第二天，这位年轻的水工建设者在邮局门口出现了。想不到发生了一阵小小的争吵，原来站在他前面的那个人是来查问日期的。只听见办事员在柜台后面答：“你看看邮戳就知道啦！”偏偏邮戳不清楚，几个人查看了半天，突然这位年轻的水工建设者叫道：

“你躲在柜台后面，也挡不住别人提意见呵！”

“有意见就可以提，你提吧！”显然办事员还在忙着，仍然没有露出身子来。

“我的意见，就是大家的意见。”年轻的水工建设者回头望了望长长的行列，然后说道：“我要知道我到什么地方来啦！这里是三门峡，全国都知道这里是三门峡，你的邮戳上偏写上个什么史家滩……”

“不，这里是史家滩！”办事员第一次从柜台后面站起来了。

这的确是一句不可辩驳的话，但是为了热爱三门峡，有什么不可推翻的呢？后面的人跟着嚷起来：

“谁说的鬼话？”

“我的亲人只知道我到了三门峡……”

“全国的人，都知道我到了三门峡……”

这位年轻的水工建设者，用手一指，对办事员说：“你听见没有？我说这里是三门峡，不是史家滩！”

办事员第一次同这些水工建设者见面了。以前他只听见各种不同的口音，向他伸来的各种不同的捏着信件的手；现在站在他面前的是一副眉高气扬的年轻的面孔，仿佛呵一口气，就可吹倒三门石岛似的。办事员涨红了脸，讷讷地说：

“意见很好，我要说……这么好的意见为什么不早提呢？”

工人也仿佛第一次看见他。原来这是一个学生模样的人，面孔有些苍白，戴着一副黑框眼镜，小小的鼻尖上冒着汗珠。

不久，所有邮戳上都改成三门峡三个字了。这是水工建设者第一次参加三门峡市命名的讨论。

第二次讨论，是在工区公路上进行的。

那时，三门峡准备工程已在进行。在一条新修的公路上，每天走着钻工、测量工、地质人员，还有一些来参观的人，其中也有记者和作家。凡是第一次看到三门峡的人，都怀着激动的心情，在归来的路上，谈论着那座混凝土大坝，那个大水库，还有水库旁边的那座未来的城市。

从邮戳上改成三门峡之后，三门峡工区的招牌也出现了。它包括了建筑三门峡工程的几个基地：史家滩、大安和会兴。因为地形的限制，这三个基地相距甚远。工程局从大安迁到会兴来，就是为了把主要阵地让给前哨战斗部队。有些附属企业也只好在会兴修建起来，所谓未来的城市，就是指的这里。工程局现在的所在地，就是未来城市的中心，因与会兴镇遥遥相对，有人暂时叫它新城。

有三个参观的人，非常关心未来城市的命名。有人主张叫湖滨市，有人主张叫会兴市……他们各有已见，争论得相当厉害。那天刮着大风，一点也没有妨碍他们的讨论。相反的，他们借着这种热情的鼓舞，才好不容易的一步一步地迎风前进。

幻想总是借着自己所爱好的形式表现出来，因此每个人都偏爱着自己的命名。湖滨市似乎有些占了上风，但是其中的一个意见也十分固执，犹如噙住一颗蜜枣一般，始终不肯让步。

这时，一个年轻工人从后面赶来了。他已经听到了他们讨论的什么，忽然带些感情地发言道：

“你们说的湖滨市是什么意思？你们刚刚看了三门峡，为什么不直接了当地叫三门峡市呢？”

他说完就向前走去了，竟像大风对他毫无影响一样，大踏步地走去了。这三个人想看看这个年轻工人的面孔，却被沙子迷住了眼睛，同时他们背过身来，抵御着风沙，一步也走不动了。

不难想象，这个年轻工人就是向邮局提出意见的那个人。这一次他又代表三门峡的水工建设者，发表了自己的意见。

1957 年 3 月 26 日，国务院发布了设置三门峡市的命令。邮局的办事员接到了这份报纸。他又是第一个希望的传播者。他对着柜台前面的一个工人大声地说：“你们的心愿……！”对每个人说，我们的三门峡市……

命令中没有提到三门峡市命名的由来。既然不能载诸史册，我就把它当作传说记在这里。

（选自 1957 年 6 月 28 日《人民日报》）

【作者简介】

雷加（1915—2009 年），原名刘涤、刘天达，辽宁丹东人。曾任中国作协北京分会副主席，中国文联第四届委员，中国作协第三、四届理事。著有长篇小说《潜力三部曲》，短篇小说集《水塔》等诸多作品。

书的主人

——三门峡散记之二

雷　加

有一天，我同书记同志一起去听传达报告。汽车在新公路上行驶，向新城走去。

我不能想象没有这条公路之前，这里的居民如何生活的？更不要说要是没有这条公路，三门峡的工程如何能够开始了。公路修筑在将来水库的标高之上，它顺着黄土高原的脊背爬行，有连续的陡弯和数不清的危险信号牌。但是路面十分讲究，这是按照一级公路标准设计的。如果沿路的小树长大了，水库修成之后，在银幕上就会出现一个如画的镜头。现在，汽车牌号又杂又多，甚至吉普车在拉家具，或者用载重汽车拉人。那时，将是华丽的游览车或是新型的轿子车，在风驰电掣地兜风了。

迎面正好开来了一辆拉人的载重车，上面坐着由工程局到工地去的工作人员。两个司机照例互相点头，我们和载重车上的人，在并车的时候也互相张望一眼，默默地致意。

载重车刚走过不久，我们的车也陡然停住了。原来在公路中央，发现了一册书。

这是一册《把一切献给党》。

这本书的主人是谁呢？不用说是刚才走过那辆载重车上年轻人的。又是哪个年轻人呢？他携带的计算材料过多才失落了它呢？还是他当时就发现了，因为不能停车，忍着心痛望着它跌在公路上呢？

翻开那本书，除一张含义不清的小纸条之外，别无发现。至少这是一个爱书的人，甚至连个名字也不肯写在上面。

书记同志合上了那本书，神色迷惘地说："怎么能够找到他呢？"

我说："也许会找到的！"

这样，我天天在留心找这本书的主人。

然而这是一个非常困难的任务。我不禁想起了过去的年代。1945 年冬天，当我在东北的一个工厂工作时，那里的工人多半是三十岁以上的老工人。他们不但使工厂恢复了生产，并在国民党破坏了工厂之后，又用自己的双手把它修复起来。他们的技术是从经验中得来的，缺少的就是文化。我记得我如何教给他们唱第一支歌子——《东方红》。我记得在开展文化学习时，一支铅笔握在老工人的手里，竟比一根拔杆还重。他们拿起了铅笔，眼睛既沉重又惶惑，但是当他写出中国共产党这五个字的时候，又像孩子一般地笑了。

如果叫我在他们身上发现谁的身上吃的苦最多，也许有困难；然而如果谁有一册什么书，我却能一口就说出来。可是，现在不那么容易了。有文化的年轻人这样多，而且差不多每个年轻人又都读过《把一切献给党》。

我曾经问过几个人："你有《把一切献给党》吗？"他们回答说："我有一本，但是我寄给我的妹妹了。""我也有一本，别人借去了。"或是，"我的那本，这不是还在枕头底下吗？"这册书的主人到底是谁，却是茫然没有下落。

叫作"乌拉尔人"的三方电铲投入生产以后，展开了学习热潮。初中班、高中班及中等专业班都开始招生了。

教育科的一个女同志，在电铲中队门口摆上一条凳子，她的背后一张白纸上写着职工夜校招生几个字，她的面前立刻围拢了一群年青人。挤在前面的一个说：“我是头一个吗？”

“不，你们队长早就报名啦！”这位女同志答。

“那就给我写上吧！”

对话开始了。问他的年龄，答十九。问他入哪一班，答高小班。但是高小他已念过了。他不愿意再从头学代数，为了温习，就从下册开始吧！第二个人进初中班，问他有没有书的时候，他有些生气地答：“我学过的书都随身带着，这还用问吗？”第三个也是一样，进初中班……我站在他们身后，感受到了他们求知的热切的心，就像他们在三方电铲司机室中，所感受到的滚烫的发动机一样。

对话越来越嘈杂了，因为好几个人在争着报名。虽然他们知道每个人都有报名的机会，但是他们觉得惟独自己的学习愿望不能落在别人后面。

三方电铲投入生产已经快两个月了，而开电铲的仍是由兄弟厂矿临时调来的人。他们感谢这种支援。但是，他们却不能原谅自己，为什么不能在合同期满之前学好技术呢？自己是三级工人，三方电铲司机又需要六级技术，他们大胆地想：在这个突飞猛进的时代，可以被时间吓住吗？为什么不能跳过时间迎头赶上呢？

电铲队的年轻统计员有一天对我说：他从小失去父母，流浪的生活使他喜爱哲学，也喜爱文学，但是他说他更爱技术和工作。那个星期六的午间我遇见了他，我问道：“你怎么不睡觉呢？”他揉着自己的眼睛对我说：“不，明天上午我要考试了！”第二天的午间，我正在午睡，他走来敲我的门，小声地说道：“我考过了，把那本《人民文学》借给我……”他去了之后，我想象着他一定考得很好，他的心刚刚为数字鼓舞过，现在又为这本厚厚的杂志颤抖着了……

有一次又遇到书记同志，他忽然问我：“那册书的主人找到了吗？”

我怔了一会，但是我说：“我找到了。”那就是报名职工夜校的那些人。他们自己的技术既比不上苏联司机的水平，又比不上兄弟厂矿的司机水平，看上去这似乎是一时不能克服的困难，但是这些把一切献给党的年轻工人，今天在职工夜校报了名，就等于向党宣了誓，明天他们就是三方电铲优秀的司机，向岩石进军的先进工作者了。我记起了那个年轻的统计员，心里想着：到处都是把一切献给党的人，将来纪录这些英勇的事迹的作者，也会同时出现的。

（选自 1957 年 9 月 4 日《人民日报》）

“乌拉尔人”在沉思

——三门峡散记之三

雷　加

“乌拉尔人”（工人对三方电铲的亲昵的称呼）在冬天来到了会兴车站，却没有立刻到三门峡工地上来。

很多人赶到会兴车站去看望它。那时，它在沉睡。它沉睡的时候，没有人能够惊醒它。由乌拉尔起身的时候，给它钉好了木箱；到了会兴，又在木箱外面苫上了篷布。现在它睡在铁路两旁，摆开来几乎有半里长。

工程师们一眼就认出了它。他们向它致以最亲切的问候，同时商议着如何迎接它到工地上来。迎接的仪式，既要不失礼节，又要安全。它对另外一些人来说，就像初次见面的外祖父一样，只知道它就是“乌拉尔人”，面貌陌生，但是印象极为深刻，立刻意识到这是一个巨大的人，还有一颗巨大的心。人们窃窃私语起来：“这是它的大嘴，四个人坐在里面可以打扑克呢！”“你看，这是它的心脏……”它的心脏——一个高贵的电动机，像个小山一样。心脏之大，可以包容一切。使人想到它将在三门岛上昂首阔步地走着，工人们就要揪住它的衣襟，对那些威严的岩石，哼着鼻子说道：“你瞧谁来啦！你还敢不低头吗？”

但是它并没有马上就来。我知道总局仓库里准备着迎接它的车子，那是一辆载重二十五吨的拖车。公路有两条，都是新修起来的。一条平坦些，远些；另一条近些，坡度大些。为了走哪条公路，似乎有过争论。主要的“郑洛三”线路没有建成，发电列车还没有来，而它偏偏有个不通过电流的按摩就不肯起床的习惯。

工地上三台抚顺造的一方电铲，正在大闹情绪。当时用手风钻打眼，每天爆破的石方再少，一方电铲仍然完不成任务。它们一台跟一台地坏起来，抱怨道："三方电铲怎么不来呢？叫我们怎么办呢？"

4月间，一切都齐备了。铁路吊车来了，斯大林八十号拖拉机为了不压坏路面，在履带齿上也镶上了木板，"乌拉尔人"的斗子、勺杆先运到了史家滩渡口，接着铁路提前通车了，它的底盘也运来了。现在，就看怎样组织过黄河了。

"乌拉尔人"虽然走过许多地方，来到黄河却是第一次。那几天它躺在黄河边上，日日夜夜听着黄河的咆哮声。它想：这条小小的泥沟，为什么叫得这么响呢？它，"乌拉尔人"如果站起来，三步两步就会跨过去。黄河决不肯示弱，回答它说："我知道你的本事是很了不起的，可是中国有句俗话——不打不相识呵！"黄河对"乌拉尔人"开了一个小小的玩笑。黄河把载着底盘的大驳船一下子冲到神门岛上边。大锚丢下去，链子断了，这只大驳船像一片秋叶似的，顺流而下。有人说：如果再靠左一点，它就会撞翻两只勘探船，然后撞到神门岛上，一直到撞得粉碎。但是没有靠左，而是偏右了一点，这只大驳船在神门岛上边，一个大旋身，屁股垫在一块礁石上搁住了。

连底盘带驳船在这块礁石上，整整搁了五天。所有三门峡的水利工人，向黄河提出了抗议："你的玩笑开得太大啦！它来帮助你改造的，你下这番毒手，却是为了什么？底盘是'乌拉尔人'的脊椎骨，没有脊椎骨它连站也站不起来啦！"

用三百个人工拉纤，外加上三部拖拉机，五天之后又把底盘带驳船拖到原来的渡口上了。

"乌拉尔人"生来心胸宽大，而且喜欢沉思。

黄河开的这个玩笑，它并未记在心里；相反的，正如中国俗话说的不打不相识，它觉得自己能到中国黄河来工作，是最有意义的了。它早已习惯了极热情却又不周到的招待，这里也是一样。这一切，都不能使它生气，因为它是一个沉思的人。

它的体积过大，左岸又太狭窄。它刚刚站起来，头上就几乎碰着了高压线。这一点，它忍受了。

由抚顺请来的安装技工，手固然灵巧的不下于制造它的人，但不凑手的事情太多。比如机件没有按着次序运来，一时不能开始工作；拔杆代替了吊车；不相称的钢丝绳又使它发抖。它到处碰到了这些怠慢它的事情。只是斗子这一项，本来预备开到工作面利用本身动力安装的，但是协作得不好，起重工不来，不能穿钢丝绳，就耽搁了一天。还有一次，电焊机从很远的地方搬来了，忘记了带机油，因此工期又得延长一天。

它本身是一架复杂的机器，这时，它惊奇地观察着更为复杂的人。既有怠慢它的人，同时又出现了热爱它的人。这些人天天跑到工地上来看望它，他们传说着关于它的消息，摄影记者不知为它留下了多少镜头。由三门峡发出的信件中，又不知描述过多少次它感人的形象。年轻的技术员们，把“电铲”这本书（关于一方电铲的）悄悄收起来，到书店抢购 C Э—3 型教学图。谁都在脑子里想象着，当它一旦投入生产之后，必会带来一番新气象。最熟练的工程师们，可以草拟一个完全新的联合作业的作业计划，但是最有经验的领导者，却一时不能完全估计到它带来的思想上的大风暴和必然而来的人员大调动。

在机械化施工的场地上，就得和机械的速度赛跑。跑在机械速度前面的，才是胜利者。这里有不少人和斗子车赛跑过，又和一方电铲赛跑过，现在他们知道必须和“乌拉尔人”赛跑了。

他们和一方电铲赛跑时，为了配合手风钻使用车钻，是经过一番斗争的。自然有一些人落伍了。落伍的人并不是不欣赏车钻，只是觉得车钻没有手风钻顺手，就像喜欢骑自行车的人，也并不是不欣赏机器脚踏车，只是觉得机器脚踏车冒险了一点。为了反对一个新事物，有时会捏造出一个可笑的理由的。他们说："自行车再慢，坏了还可以扛起来，难道机器脚踏车也能够扛着走吗？"

"乌拉尔人"注定了有这样一个命运：它被工人热情地创造出来，又不得不受其他工人的嘲笑和玩弄。

曾经出现的爆破能力大于一方电铲的情况，一下子消失了。一方电铲五六次才能装一汽车，"乌拉尔人"用它的大嘴，最多吞吐两次就能装满一汽车。"乌拉尔人"对于斗子车来说，不再是机器脚踏车，而是飞机了。

现在必须使用一百型的钻机。一个落伍者，不承认钻机的优点，反对的理由是：钻机移动困难，怎能说它比手风钻好？当钻机发挥了威力，"乌拉尔人"赞许地点头时，这个落伍者带着一颗悲哀的心，走到"乌拉尔人"跟前，悄悄问道："你是工人制造出来的，为什么又把工人当作奴隶来使用？""乌拉尔人"照例沉思地答："时间才是我们的主人，现在咱们站在一条线上，枪一响，谁要做胜利者，就别说话，憋口气，赶快朝前跑吧！"

"乌拉尔人"所到的地方，不但要征服岩石，还要首先征服人心。

现在第二台"乌拉尔人"也安装起来了。我参加了交接会，在鉴定书上写着：一切良好。只是大人字轮咬合稍差，还有变速箱有些漏油。

我又参加了三队 8 月生产任务讨论会。他们熟悉了"乌拉尔人"露天工作的特点，不能不估计要来的雨期，但是他们仍有信心完成任务。他们已经称呼这两个"乌拉尔人"是他们的命根子，并且誓言爱护它要像爱护眼珠一样。为了这个，在讨论当中有人担心地问：“二队的爆破方案是怎样订的？要‘乌拉尔人’先下去，然后又得上来，接两个电缆头、三个开关，至少得耽误两天……”这个人说话的神气好像说：这样延误两天，“乌拉尔人”决不会答应的。接着这人又说：“再说，没有路，它由哪里下去呢？”

“乌拉尔人”行动起来，必须先开路，而且它一行动起来，比碗大的石块也会被压得直冒火星。对于善于沉思的“乌拉尔人”，草率行事是不行的。

但是，现在已是汛期，这十几天天气又分外晴朗，如果它不先下去抢出石根来，下期爆破工程就无法实施。为了给下旬创造有利条件，为了和天气赛跑、和洪水赛跑，还是决定了“乌拉尔人”必得先下去……

“乌拉尔人”不但会沉思，也会微笑。三队富于协作精神的决定，使它点着巨大的头微笑了。

（选自 1957 年 10 月 4 日《人民日报》）

一绺白发

——三门峡散记

雷　加

检查一个重大的人身事故，并不仅仅是简单的例行公事。想到这个事故已经发生，并像安全检查员所说的又是那种不易防止的事故的时候，它对每个亲莅现场的人，永远都是一个沉重的打击。

我在五天之前，刚刚认识了这个年轻的起重工。他的名字叫张克勤，是个又健壮又体面的小伙子。

那天，那只载着三方电铲底盘过河的大驳船，突然挣脱了锚链，向三门岛流去。所幸的是它在神门岛上面一块礁石上搁住了，才没有撞得粉碎。黄河的水继续上涨，这只载重四十吨的大驳船如同一片秋叶，它像是在歇歇脚，也许下一秒钟，它就随着上涨的河水非在神门岛上撞个粉碎不甘心。神门岛旁边的涡流，自古到今已不知埋葬过多少船只和多少生命了！

说起来，由鬼岛到那只驳船，只有一百多公尺。鬼岛在右岸，所有跑来抢险的人都由右岸踏上了鬼岛，但鬼岛上的人和那只驳船上的人，隔着这一百多公尺的河面，不要说扯上一根绳索是那么不容易，就是互相喊话也听不见。

五个勇敢的起重工，跳下水去。他们沿着刚刚露出水面的一块一块礁石，向前跃进。礁石尖削不平，距离又不等，他们多么矫健，又是多么危险。脚下的洪水打着漩涡，简直要把人带礁石一起吸下去似的，岸上的人听见咆哮的水声早就有些昏眩了，他们又该怎样呢？可是他们站在礁石上一字排开了，一根棕绳由后边递上去了。站在最前面的那个小伙子，正在把棕绳盘在手上向驳船扔去。这里流速最大，波浪也更汹涌。棕绳落到了水里，它像大风吹跑了的风筝线一般，要想拖住它是非常非常困难的。这时，这个小伙子用力过猛，失了足跌在水里，而他也就像断线的风筝，随着急流漂了下去。

大家惊呼起来。这是一个九死一生的人，必须抢救，但又怎么抢救？刚才还看见他的沉重的衣服，下一秒钟，它又在很远的地方出现了。谁也没有想到几乎在这个小伙子落水的同时，一只羊皮筏子下水了。上面站着另一个小伙子，他的羊皮筏子用了更快的速度，追逐那个忽隐忽现的落水的人。我喘了一口气，向身旁一个工人问道："那是谁？"

"张克勤！从河南来的，从小就使惯了羊皮筏子，看，他追上啦！"

不一会儿，我就看见这两个人沿着峭壁脚下走了回来。张克勤跟在后面，他的肩上扛着那只湿淋淋的羊皮筏子。

五天之后，这只大驳船拖回原来的渡口那里去了。我万万没有想到这场虚惊刚刚过去，又发生了第二次事故。

这是在一秒钟里发生的事，没有人可以详细地叙述它的经过。当时……

这只驳船由右岸码头正要靠近左岸码头的时候，一根缆绳扔到了岸上。缆绳的另一端由三个壮工绕在驳船的将军柱上拉住，要由他们一点一点地收缩这根缆绳，这只驳船才会冲破水流的冲击慢慢地靠岸的。洪峰刚刚过去，它的余威犹在，这三个人抵挡不了它的冲击的力量。最初还在平衡状态中，眼看着水的力量就要战胜他们，只要缆绳由他们手中滑脱，这一次驳船流到三门岛，就不一定再被礁石搁住，它的命运就可想而知了。

那时在他们三个人身后，是一盘整整齐齐的缆绳，再后面靠着低低的舱口坐着另外两个人。一个是三十几岁的穿对襟袷袄的工长，一个就是张克勤，上次使用羊皮筏子的那个小伙子。这里必须交代一下，张克勤真正是个顶呱呱的起重工，不但上次救了人，就是平常工作中，也处处跑在前头。工长常常用手摸着下巴这么来形容他道：“是谁？这么快？又是他，一眨眼就干好了，除了张克勤谁能这么麻利！”张克勤是工长眼中的宝贝、得力的助手，自然工长有了工作爱交给他，闲聊天也愿意找他。今天就是这样，两个人又坐在一起了。那三个人拉着缆绳感到危险时，他们两个也都同时出来了。他们两个也都同时在心里想到，只要他们之中有一个跑去，加上自己的力量，那么这个危局就可以避免，于是这两个人也都毫不犹疑地同时跳起来，向前冲去。

正像工长平时爱说的：“是谁？这么快？只一眨眼……”这次也是一样，张克勤又抢在工长的前头，真是不惜用一切赞美的词句加在他的头上的这么一个可爱的人……

但是这一次，只是这一次张克勤的速度没有跟上要求的速度，他没有来得及赶到将军柱跟前，缆绳已由那三个工人的麻木的手掌里滑脱了，而且，这时张克勤的一只脚正好踏进那盘缆绳的圈子里，因为慢了一秒钟，没有把脚迈出来，那根向河中逸去的缆绳，套住他的脚，河水张开大嘴，一眨眼就把他吸进去了。

几个钟头以内，没有捞到张克勤的尸首，大家放弃了最后一线希望的时候，又在船底下发现了他。那个绳扣还套在他的脚上，可是他却早已死去了。

追悼会是在河滩上举行的。临时挂上了一幅木炭画像，这是张克勤活在工人画家心中最后的遗容：剪短的头发，一张刚毅的脸，至死他还在横眉凝视着黄河的流水。

安全检查员来回走着，他不能安心做一件事情，甚至不能把一个花圈放在张克勤的灵前。人群中有人慨叹了一声，说道：“十天以前他才从家中订亲回来的呀！”安全检查员走到我的身旁，仿佛为了回答这句话，避开头，不看我的眼睛，悲伤地说：“还有比……比抢救事故而发生的事故，更可怕的吗？”

但是会场上感到最悲痛的，却是蹲在人群后面的那个工长。我是从那件对襟袷袄认出他来的。他抱着头俯在膝盖上痛哭着，没有人去安慰他，也不能够安慰他。

夕阳，低垂在黄土高原上，黄河的水在低沉地吼着。

灵柩搬上了卡车，五六个人前来搀扶哭成一堆的工长。大家都知道他是一定要跟着张克勤一起去的，但是他偏又不肯起来。大家暂时忘记了自己的悲伤，像对待一个小孩子似的劝慰他、开导他……悲哀比快乐更能占据一个人的心灵，如果不借别人的手，他既不能在棺材上钉上最后一颗钉子，也不能替自己亲爱的人穿上一件衣服，这些都是他应该做的，而又没有做的……

一个月之后，我又回到了工地上。在汽车站我遇见了那位安全检查员。他扯了我一把，说：“等下趟车再走，我们正好谈谈！”

“也好，”我说：“听说三方电铲拖电缆，出个事故就不得了，不知你们建立了些什么制度？”

“现在不是我一个人了，你看那个……”他指着一个正在上车的老人，“有了他，一切制度都容易建立的。”

“那是谁？”我问。

“他就是那位工长呀！从那天追悼会以后，他病了半个月。你看出他老了，更奇怪的是他的头上长出了一绺白发。大家问他这是怎么搞的？他说不知道。他是主动要求做安全员的，如果有谁不重视安全操作规程，都怕受他的批评。你以后会看到的，他批评人的时候，总是激动地摘下帽子，他不是有意如此，当他醒悟过来，就又赶紧戴上帽子，可是人家已经看见那绺白发了，好像那绺白发有无上威严似的。从他当上安全检查员，从未出过事故。一个人变得多么快呀！他不像以前那么爱说话啦！甚至也不笑啦！可是有一次，我听见他说梦话。他说：‘不是他，是我，应该我去，要是我多好……’一面说，一面咬牙。我想他在受着折磨。这些梦话是什么意思呢，莫非是那天应该是他头一个跑去，踩在绳圈里，结果是张克勤抢在他的前面，替他死了，才使他这样痛苦吗？可是他关于这件事，一句话也没有说过……”

我同他到了工地，首先就向两部三方电铲走去。电铲尾部拖着巨大的电缆，电铲移动时，就要由十几个工人拖着电缆同时移动。电缆上裹着绝缘的胶管，但是尽管如此，遇到水时，还滋滋地直冒火星子，因为这股电流是高压的呵！紧挨着电缆放着十几双绝缘的胶皮靴子和胶皮手套，拉电缆的工人操作时，必须穿上它们和戴上它们，我看见那位工长站在这些胶皮靴子旁边，一动不动，仿佛守卫一般。

（选自 1957 年 11 月 20 日《人民日报》）

路

菡　子

“路是人走出来的”，没有人走过的地方也有路，为了需要，如果你认为能跨过去的都是路，路就在你的前面。

我在两个水利工地呆过较长的时间，这次到三门峡，最引我注意的还是路——有形的或者无形的，人们通过它的时候（也许只有一刹那），就是一场战斗。

在沙滩上疾走，跨过乱石堆，石槽口上的颤步，竹木横卧中间的悬步，都是三门峡人走路时特有的姿态；那尘灰飞扬的公路，满布履印的车道，穿山过岭的铁轨，自然是他们步行最高的享受了。不过他们得在这些大道上机灵地给车子让道或者赶上前者，一个缓步行走的人会被无数只眼睛看作傻子。空中的路更多，但不宽广，大都是九十度的，与一条绳子相似：在云梯上，在排架上，或者通过隔河的钢索。勇敢的人才能在那上面心平气和，谈笑自若。少数人走的路比多数人走的路更难举步，在各个山头上放标记的测量员，谁知他们是怎么走上去的；水文站的测工朱建三，每天要在出土口的削坡上滚下一百米，去看桥下的水位，上坡自然更难。我略有开车的经验，不能不替所有满载水泥经过九转十八弯的驾驶员淌汗……连接道路的有桥：水泥大桥、铁板渡桥、钢索吊桥；有船：木船、羊皮筏子，它们都是与水和风作战的行家，人又是他们的统帅。五万个人和几千辆车子要走路，在这几十米水头冲击的地方，在这十几里长的峡谷里，“行路”是三门峡人竞技的项目之一。

谁是三门峡竞走的胜利者？要雨夜来瞧。或者说没有经过湿路锻炼的人还不能算三门峡人吧？“泥浆”“烂污”还不能形容雨路的滑度，它常常是倾斜的，六十度不等，碰上一尺多宽的狭道，身子时常失去平衡，站不住，出了前脚全身滑溜，踩半脚虚土准就会栽一个跟头。水能灌满长筒靴子，沾泥会陡增一二十斤负担，雨夜迷茫，有时黑洞洞地不知身置何处，只有脚部敏感的触觉和万分的镇静，才能把你引回住地。在这样的路上会摔跤么？可能！有的人认为就是不能摔跤，他始终鼓足干劲，小心谨慎，他也能不摔跤！在这里人们爱抄近路，不问它多么艰难，为了节省时间，也为了战斗的愉快，走路的时候，谁也不兴等待，没有这闲功夫，听哨兵和旗子的指辉，眼尖脚快，步步主动，自然形成井井有条的秩序。

有几千年的古栈道，在神门与鬼门之间的石壁上还可以找到古人拉纤而过的绳印，有的路只有几分钟的历史：那桁架上的脚手，并没有因为它马上就要作废，就偷工减料。路的变幻正显示着工程进行的速度。有时早上出来中午回去，你明明爬过的山头塌了半边，狭路一忽儿就宽了，还铺上了沙石，日常往返的道路，没有两天是相同的。推土机可以开路，爆炸可以轰出路来，多少人的手脚，是路的开辟者。

如果你不会走路，三门峡会使你作为一切艰难路上的行者；如果你自信是走路的专家，不妨上三门峡来显显身手，说不定你会参与某些道路的创造，在那最最险要的壁上，也留下你一个坚实的脚印。

（作于1958年5月，选自《前线的颂歌》，人民文学出版社1959年出版）

【作者简介】

菡子（1921—2003年），原名罗涵之，又名方晓，中国著名女作家，散文家，长期在部队从事文艺宣传工作。历任《前线报》编辑、《淮南大众》社长兼总编、华东局妇女联合会（简称妇联）宣传部副部长、中国作协创作委员会副主任、安徽省委宣传部宣传处处长、《收获》和《上海文艺》编委、上海市作协副主席、上海文艺出版总社编审。她创作的小说、散文，文笔优美，格调清新，有不少是文学精品。散文《黄山小记》《香溪》等作品被选入大学、中学语文教材。

奇迹的三门峡市

冰　心

我紧靠着车窗坐着，大地上是暖暖的春阴。整整半天的时间，火车沿着黄土的原谷飞奔。土壁上嵌着的几个穹形窑洞门前，偎倚着一两树盛开的桃花，在轻阴的暮色中，特别显得醉人的红艳。零星小块的高高下下的麦田，绿茵茵的，很嫩软，使人想伸出手去轻轻地摸抚。在天边的原谷之间，还不时闪出疏星般的淡白的灯火。

我胸腔里填满了图画中和想象里的三门峡水利枢纽工程的景象，觉得震动而紧张。这半天中，我凝视着绵延不断的黄土高原，心里把我所记得的古往今来的、关于黄河的传说和诗文，都温理了一遍。它是我们祖国大地上、江河龙子中最犷暴不驯的一条！它从昆仑山巅高呼狂笑地飞驰而下，一路上疾奔乱窜，冲刷了几万尺的泥沙，淹没了千百个城市和乡村，卷荡了千千万万人民的生命和田产。这条万古以来控制不住的孽龙，今天却让我们英雄的人民，紧紧地拴锁在三门峡的擎天巨柱上！从此，汹涌浑浊的黄波，将变成清澈缓流的绿水，融怡温静地替人民灌溉着几万顷的良田，激发起几百万千瓦的电力，负载着往来如织的舟筏……这是多么伟大、可喜的事情，降伏孽龙的人们又是多么豪迈可爱呵！

天色暗下来了。前面就是三门峡车站，我紧张地想：我们快到拦河大坝的脚下了。抬头一望，上面就是高接云霄的重重叠叠的脚手架，接连不断的亮如白昼的灯光，坝上坝下是乱哄哄的人来人往，机器轰鸣之声，摇山震岳……

出了车站，面前并没有出现我想象中的一切！清新微凉的夜气里，却出现了一座灯火辉煌的城市，这是什么地方呢？我怎么从来没有听说过呵！

我怎么从来没有听说过呵！

一辆大车，带着我们从宽阔的马路上穿过这座崭新的现代化的城市，两旁是整齐的树木和路灯，一幢接着一幢的高大的建筑，最后把我们送进一个有十几座大小楼房的大院里，在一座小楼前面停住了。

说也好笑，我们在 3 月中到了郑州，发现那边的春天，比北京早到了 10 天。桃红柳绿，太阳射在身上，暖烘烘的。因此，我们从郑州到登封的时候，只带着随身的春衣。说是：天气暖了，轻装前进吧。谁知到了登封，正遇着及时的“拔节雨”，每次出行，都冒着迎面的雨丝风片，有几个人受了凉，大家就有了戒心。这次到三门峡又是往北走，我忆起去年在十三陵水库工地是住的帐篷，就把带来的寒衣都穿上了。准备今夜住上帐篷，卧听“鸣声溅溅”的黄河流水，明天一早走上风沙扑面的拦河大坝……

这时，我入梦似地走进这所精致的小楼，明亮的灯光之下，一切都是最近代的设备。喝过香片茶，洗过热水脸，发现身上热得不行！刚要脱衣，又被招呼到另一大楼里去吃晚饭。服务员们白衣白帽，在堂皇宏大的餐厅里极其殷勤地迎接我们。替我盛上红枣稀饭的青年，说的是一口流利的北京话，我问他哪里住家，他笑说：“我是京东通县的人——我们这里外省的人多着呢。”

这夜我躺在温软的床上，却一直没有睡好，望着雪白的墙壁，望着窗外灰色的天空，觉得越躺越热，我掀开棉被，起来关上了暖气管，开起一扇窗户，兴奋的头脑才慢慢地平静了下去。

天色一亮，我立刻起床，匆匆梳洗完走出。分住在几个小楼里的我的同伴们，也兴奋得都老早起来了。熹微的晨光中，丛树上朝露零零，广院里有几个苏联的儿童，在奔走跳跃，也有几辆小汽车，把苏联专家送到工地去。太阳渐高，人声渐繁，听着院里走来走去的年轻人说笑的声腔，真是各省的口音都有！

我们一同向着大门走去，我远远地看见天边一平如线的屏风般的黄色山峦。同伴中有人便矫正我，说这不是山是黄土高原。这里的原名，有一道原、二道原，等等，我忽然忆起唐诗上的《乐游原》和《三国演义》上的五丈原，想必就是这般形象了。出了大门左右瞭望，我们就站在最新最美的画面上了！

三门峡市的刘市长告诉我们：这座奇迹似地涌现出来的崭新的城市，本来是火车道旁边的一个小站，一个只有3万多居民的会兴镇。当1957年4月13日，在幽静险峭的三门峡山谷，响起了征服黄河的石破天惊的第一炮的同时，这个为这伟大的工程服务的城市就像满园花卉，响应着这一声春雷，遍地萌茁了。从全国各个角落来的征服黄河的战士们，在这里安了家。围绕着他们的建设工作和生活福利，各种各样的卫星建设迅速地生长了起来。先建立的是商业网、机械供应，等等。光是商业系统的服务人员就有4000多人，商品有六七千种。副食品工业也迅速发展，原来只种棉麦的本地农民，如今也种植了一万几千亩的蔬菜，此外还大量地养鸡喂猪，保证大坝职工们吃饱吃好。先后建立起来的还有工人俱乐部、医院、电影院、剧场、托儿所、幼儿园、小学、中学，以及中等技术学校和大学。这座城市人口现在已达17万，固定的人口有13多万。去年八月以后又成立了三个人民公社。市内的是湖滨人民公社，工地上的是大安人民公社，还有郊区人民公社。城内公社里首先办起了托儿所、幼儿园和集体食堂，解放出职工家属中有劳动力的几千个妇女，来参加各种服务性的生产劳动，如缝纫、洗染、养鸡、喂猪、磨豆腐、养豆芽、做鞋，等等。还有300多个年轻妇女，参加大坝建设，做了学徒……

三门峡市和三门峡大坝工地相互发出的力量与光辉，我们在出发到大坝工地上、30多公里的公路上逐渐地体会出来了！这条平坦宽阔，绿树成荫，曲折地穿过黄土高原的大路，就是输送大坝建筑器材的大动脉。大路两旁，是高高下下的梯田，农民们在忙着春耕，牛儿在亲切的吆喝声中，曳着犁在陡峭的山头来回地慢走。渐渐地大安村在望了，一幢幢的“工人之家”，在阳光下闪烁着整齐的白色的屋顶。最后，我们穿过许多土坯造成的棚屋，迤逦地到达河滩上的工程局。

这是一个很整齐的院子，院里还种着牡丹和丁香（这个地方一年以后都在水库底下了，当然，黄土棚屋本来就是准备拆掉的，这房子连旁边的大树和牡丹、丁香也都会搬走）。工程局党委书记张海峰同志，带我们参观工地模型，自己拿起小棍子给我们解释指点。许多地质和工程机械上的术语，我都听不懂也记不清了，只有一段远古的故事到如今还在我的记忆里闪闪发光！假如我记得不错的话，就是说：不知在什么地质年代，从地下忽然迸出一块1000多公尺长、100多公尺宽的“闪长玢岩”，横卧在河流的中间。两岸本来就是耸立的石壁，黄河从上游浩浩荡荡地长驱直下，忽然被夹在石壁当中，又被这条石槛拦腰挡住，它愤怒地狂吼，回旋地冲突，云烟沸涌，雷霆激绕，几千万年的爪裂角触，把这块巨岩撞碎成嶙峋的怪石，零落地排列在三道汹涌的激流中间。这就是人、神、鬼，天险的三门。这几块怪石，后人就按着它们的形象给起了雄壮或是温柔的名字，如“中流砥柱”“狮子头”“梳妆台”等。经过征服大军的电轰斧劈，如今只有中流砥柱还露半身，张公岛还留一角，其余的都成了坝基了。

我们吃过一顿很热闹、很丰盛、频频举杯祝贺的午饭，隔座有几个苏联专家不住地向我们点头微笑，我们也向他们举杯致谢。

饭后我们纷纷坐上汽车，直开到大坝的底下。

在和风和骄阳之下，我们登上雄伟的坝头——我应当怎样描写它呢？这里不是人们吃力地用双手双肩劳动的世界，而是巨大的机器劳动的世界，是人们灵活地操纵着巨大的机器来替他们劳动的世界。双辫的大姑娘、年轻的小伙子，轻盈地坐在操纵台上，鞭策着工地上首尾衔接的两大套施工系统——混凝土生产系统和机械制造维修系统。一串一串的列车满载沙石与水泥通过陇海铁路到达工地，这些沙石和水泥经过自动化的“拌和楼”拌好，再由自卸汽车队把混凝土运到坝址，有长臂的起重机把混凝土吊到空中，一斗斗地倾泻到坝身的大木模里。工人们分三班工作，日夜不停。但是我站在这两山夹绕，河水奔流的长城般的高坝上，并没有看到我想象中的“乱哄哄地人来人往”，只看见起重机在沉默地转动，也没有看见“重重叠叠的脚手架”，只看见千万条梳齿般的钢筋，整齐地排列……一切都显得雄伟、沉着而庄严。几千个英雄的工人在大坝的上下、远近、周围，在机器上、火车上、汽车上和辅助企业的基地上，或藏或现地在操纵着 7 千多台施工机械，使用着来自国内 50 多个省市和苏联等 10 个国家的建筑材料……

在“苦战三年，争取提前一年拦洪，提前半年发电，提前一年竣工”的气吞山河的口号下，征服黄河的战斗，更加紧张也更加沉着了。这紧张和沉着的气氛，我在坝上感到了，这是：胜利之前的万军压城，号角无声的严肃气氛；是日出之前的诸天沉黑，万籁无声的虔敬气氛；又好像一个万人的交响乐队，每个人都紧张地握住自己的鼓槌和琴弓，凝注着指挥者的棒尖，只待棒尖扬起，便万声齐发，雄壮地、协调地奏出响彻云霄的凯歌！

我们怀着异样的惊叹和满足的心情，告别了三门峡工地，和祖国大地上其他已经建成的伟大工程一样，我们对于三门峡工程的提前拦洪、发电与竣工，都有坚强的信心的，如今只计划着怎样能早早地来参观这路灯通明、雄伟屹立的拦洪大坝，和浩浩数百里湖面镜平的水库了。

回市的路上，大家回味地热烈地讨论着：这个空前巨大的三门峡水利枢纽工程的计划和修建，真是太不简单了！从毛主席视察黄河起，直到苏联专家们协助勘察、设计、施工，这其间有多少详尽周密的准备、组织，全国各地和友好国家多少的人力物力，拧成这一根奇迹的坚韧的缚龙的钢索——为三门峡工地服务的三门峡市，就是这根钢索中有力的一股！

我们出来巡礼的时候，这奇迹的城市已是万家灯火了。我们踏着正在修建中的远伸的大路上的石块，遥望一座一座高楼里的整齐的光影。最后走到热闹的商业区，经过了笑语纷纭的食堂、理发室……进入高大的百货商店，这里是熙来攘往的不断的人流。当我们挤得紧贴在柜台边，选看绒毛背心的时候，一个广东的老太太，操着不纯熟的北方话劝我们说："买一件吧，这是新产品，北京的百货大楼还没有这种货色呢。"当我在塑料的柜台边，挑上一只精巧的桃形的肥皂盒的时候，那位四川口音的售货员，一面包起这只盒子，一面骄傲地笑着说："这是上海的最新的出品，北京还没有呢——最新最好的货物照例是先送到我们的手里的！"

我觉得心头火热，接过包裹，默默地走出门外。

多么亲切的情感，多么伟大的关怀！这亲切和关怀是相互的。三门峡工程建成后，英雄的工人们又将分头奔向祖国大地上新的建设工地，而支援维护三门峡工程建设的三门峡市，却将继续成长发展下去，接受三门峡水电站发出的电力，成为一个更大更新的工业城市……

其实，在祖国各个角落，如柴达木，如克拉玛依，如……无时无刻不随地涌现出像三门峡市一样的奇迹的城市。这种奇迹在我们国家里已成为日常生活了。

当我发现我自己是生活在以美丽的童话般的，奇迹变成日常生活的，最新最美的国家里的时候，仰望高旷的星空，我几乎想大声地唱了出来！

（作于 1959 年 8 月，选自《收获》1959 年 9 月刊）

【作者简介】

冰心（1900—1999 年），原名谢婉莹，福建长乐人，中国诗人、现代作家、翻译家、儿童文学作家、散文家、社会活动家。出版有《超人》《春水》《冰心全集》《冰心小说散文选》等文集，翻译过泰戈尔等人的小说、诗集。1990 年，获从事文学创作 71 周年金质纪念奖。曾任全国政协常委、中国作协顾问等职。

砥柱颂

顾丰年

桀骜不驯的黄河波涛如同千百匹剽悍的野马，从青海巴颜喀拉山北麓奔腾直下，青山被它冲出缺口，黄土被它裹胁入流，混沌沌烟波浩淼，迷茫茫气势磅礴。当它肆无忌惮地奔泻到三门峡谷时，却被巍峨的三门峡大坝拦腰截住，温驯地停住了脚步。

三门峡大坝横跨晋豫两省，高达百米，长约一公里，使黄河天堑变成了平坦的通途。大坝后面，是一座现代化的水力发电站，5台5万千瓦的水轮发电机发出巨大的电力，向各地输送着光和热。溢流坝顶上，两座雄伟的门式起重机像钢铁巨人似地镇守在两旁，根据需要，随时起落溢流坝闸门，调节库区上下游的水量。每当溢流坝和其他各项排水设施的闸门开启时，大坝发挥了泄洪排沙的功能，河水冲卷着浑浊的泥沙，从各个通道狂奔怒泄，滔滔东去。这时，库区一片混沌，归还了黄河的原来面貌。每当闸门关闭时，大坝就发挥了蓄水拦洪的功能。这时，黄河变得像少女般的恬静、安详。浑浊的河水澄清了，变得像镜子般的清澈、明亮。

在水库蓄水期间，我再次来到三门峡，登上坝顶。这里，参观的人群络绎不绝，有远涉重洋的外国朋友，有来自祖国各地的游客，也有像我这样，曾经参加过大坝建设，后来被调离，现在又从他乡归来的游子。每当回到三门峡，我都要故地重游一番，我看不够这雄伟的大坝、壮观的电站、碧波荡漾的湖泊及形态依旧的中流砥柱。

过去，在凶险的三门峡谷中，历尽磨难的黄河儿女抛洒了多少辛酸的血泪！如今，在这场征服自然的战斗中，肩负重托的三门峡建设者又抛洒了多少心血和汗水！他们的心血和汗水汇成了辽阔的湖泊，凝聚成了壮观的电站和大坝，把一个个古老、动人的神话故事变成了活生生的现实。

这里流传着许多美丽的神话传说，这是古代人民用丰富的想象力创作的口头文学作品，在作品中寄托了他们的理想与希望，抒发了他们的欢乐和哀伤。这些神话传说，与三门峡谷中迷人的景色和险恶环境紧密相连。

翻开历史的画卷，三门峡的原始面貌便呈现在我们眼前。在峡谷的进口处，有三座石岛：靠近南岸的一座较大的岛叫“鬼门岛”；河中心一座鱼鳔形的岛叫“神门岛”；与北岸相连的一座半岛叫“人门岛”。黄河从陡峭的峡谷倾泻下来，穿过三座石岛，形成惊心动魄的三股激流，这就是鬼门河、神门河与人门河。在鬼门岛下边，有一座与南岸相连的半岛，岛上有一个石峰形似雄狮，因此这座半岛就叫“狮子头”。在北岸人门岛的山坡上，有一条人工开凿的运河，据历史记载，它是在唐朝开元年间开凿的，所以叫“开元运河”。据民间传说，有一个船工的女儿被选入宫，当了娘娘，拿出自己生平的积蓄开凿了这条运河，因此它又叫“娘娘河”。在娘娘河下边，还有许多形态各异的石岛，如梳妆台、张公岛、炼丹炉、三颗印等；著名的中流砥柱则在神门河下游靠近南岸的地方。千百年来，奔腾不息的黄河不住地拍打着这些岛屿，激起千重浪，飞起万堆雪，构成了一幅气势磅礴的画卷。历代文人对这波澜壮阔的景象赞叹不已，写下了许多诗词歌赋，绘制了许多美丽的画幅。更有一位不知名的石匠在狮子头上凿下了“峭壁雄流，鬼斧神工”八个大字，字体浑厚，别具神韵，概括而又形象地道出了峡谷的总体风貌。1957 年 4 月 13 日，在三门峡水利枢纽工程开工的隆隆炮声中，在建设速度不断加快的前进步伐中，这些美丽的景致逐个变成了大坝和电站的基石。中流砥柱是这些景物中的佼佼者，唯有它安然无恙地挺立在电站下游的河床中。张公岛虽然被削掉了半个身子，但剩下的那一半已荣幸地与大坝导水墙结为一体了。

在我站立的大坝下面，就是传说中大禹用神斧在山上开凿的鬼门、神门、人门三座石岛。三门劈开了，黄河虽然有了通道，但是两岸人民往来不方便了。于是，便有了老君（也有人说是大禹、鲁班等）造桥的故事。

据传说，在远古时期，三门峡一带归老君管理，他看到两岸百姓渡河很不容易，决心要为百姓造一座桥，但玉皇怕他得了民心，因此不允许造桥，并派风神暗中监视。老君无奈，只得采取"倒造桥"的方法偷偷地干。倒造桥就是先在河心造好三个桥墩，再到河底造桥面，造好后，翻过来就是一座完美的桥梁。桥造成以后，玉皇就不敢公然破坏了。老君把三座石岛改造成桥墩，然后变成一头大黑猪，拱到河底去造桥面。老君家住高庙山顶上，为了加快造桥，他白天黑夜地在河底干活，连饭也不回去吃。老君娘娘要来给他送饭，但是老君造桥有个忌讳，他的法术不能被凡人看见，可娘娘偏偏是个凡人，因此，不能让她到河边来。娘娘坚持要来送饭，老君只好在半山上安个鼓，与她约好听到鼓声才能下山送饭。桥面造好后，只剩下翻桥最后一道难关了。老君正在竭尽全力翻桥时，风神发现了这个情况，并已探知娘娘送饭以击鼓为号的秘密。于是他立即在半山上刮起一阵旋风，把鼓刮了下来。鼓沿着山坡"咚咚"地往下滚，娘娘以为老君在敲鼓，急忙拌了一锅面疙瘩汤倒进饭罐，掂起来就下山。正在翻桥的老君见娘娘破约来到河边，立即恢复了原样钻出水面，问她看见了什么，娘娘回答说看见一头黑猪在拱河。原来到山下约定的地点，没见到老君，她就径直来到河边，看见一头黑猪在拱河。老君大怒，一脚踢了饭罐说：“天机被你识破，桥造不成了！”老君用劲过大，一脚把饭罐踢到高庙山坡上，面疙瘩沿坡撒了一地，以后都变成了料礓石，人们把它叫“老君余粮”。天机被人识破后，老君造的桥始终没翻过来。只剩下三个桥墩挺立在河心，这就是鬼、神、人三座石岛。

这个故事，以希望为开端，却以失望而告终。在古代人民的心目中，要在黄河天堑上架桥，连神仙也难以办到。今天，三门峡建设者不但在黄河上架起了桥，而且还修建了大坝和电站，他们的智慧和力量，远远超过了神仙！我漫步向大坝导水墙走去。娘娘河已渺无踪影，梳妆台已经炸平，只有那半壁张公岛依然存在，与导水墙的尾端天衣无缝地凝结在一起，虽然已失去了当年的风采，但能与大坝连袂相接，却别有一番风貌，遗憾的是梳妆台已经在河面上消失了！当初，它是一座形似梳妆台的小石岛，露出水面有六丈许，一端是高耸的石峰，另一端是平台。据说，王母娘娘曾在这里梳妆打扮，把河水搅得浑浊不堪。

有一天，老君到外地去了，恰好王母娘娘带着金童玉女来游玩，看到这里物产丰富，五业兴旺，不禁起了贪心，想把这块宝地占为己有，就命令金童玉女把三门峡南岸这块地圈起来。这时恰巧老君回来了，急忙拄着拐杖上去阻止，王母娘娘非说这块地是她的。老君生气地说：“你太贪心了，霸占了天，还要来霸占我的地。”王母娘娘眉头一皱，计上心来，问老君说：“你的地里有什么记号？”老君把手中的拐杖轻轻一按，拐杖就钻进地里去了。他随声答道：“当然有！地底下有我的拐杖。你呢？”王母娘娘乘老君眨眼的工夫，一只脚轻轻一跺，脚上的绣花鞋就钻进地里，穿过老君的拐杖，埋在拐杖的下端，然后说：“地里有我的绣花鞋！”说完就命金童玉女刨地。地刨开后，大家一看，老君的拐杖在上，王母娘娘的绣花鞋在下。王母娘娘得意地说：“看见了吧，这地是我先占的！”老君明知她要了花招，但也无可奈何，只得挑起两座煤山往北岸走。王母娘娘不让他把矿山带走，紧紧抓住了担钩不放，两人推推搡搡，煤面撒了一地。到底还是老君力大，甩脱了王母娘娘，把煤矿挑到河北岸去了。以后山西省煤矿出的都是大煤块，三门峡一带出的都是煤面和小煤块。王母娘娘煤矿没抢到手，反而弄得满脸乌黑，绣花鞋上也沾满了泥，就到河中的梳妆台上梳洗打扮了一番，又在河里洗了绣花鞋，把满鞋的黄土都涮进了河里。从此，清澈的河水就变成了黄水。

饱受黄河灾难的古代人民怨老天爷不公平，因而把黄河浑浊的原因归咎于王母娘娘，他们盼望着人间能出一位根治黄河、澄清黄河的圣人。新中国成立后，治理黄河的“圣人”出现了，这就是在中国共产党领导下的千万名三门峡建设者。如今，黄河的泥沙问题虽未彻底解决，但基本上已得到了控制，我们相信，不久的将来，这些“圣人”们一定能彻底制服黄河！现在，在水库蓄水期间，河水是那样地清澈，整个库区变成了一个巨大的明镜，姑娘们正对着它欣赏自己的倩影呢！

这里的神话故事太丰富了，每个景物都有一段动人的故事。例如原鬼门岛上有两个马蹄状的深坑，相传是大禹劈三门时因马失前蹄而留下的痕迹。在南岸的山壁上有一只一尺多长的脚印，据说也是大禹治水时留下的。此外，关于炼丹炉、三颗印、狮子头、黑龙潭等景物，也都流传着种种有趣的传说，其中最耐人寻味的是关于中流砥柱的传说，我最喜爱的也就是中流砥柱这座石岛。

离开了导水墙，我再度登上坝顶，往北走不多远就到了北岸，按照地理界线，这里已是山西省平陆县的境域了。沿着北岸往下游走，有一座横跨南北两岸的钢桥，这是当年为大坝施工的需要而修建的，如今成了两岸人民往来的通途。我从钢桥上绕回南岸，再次看到了久别的中流砥柱。这座刚毅顽强的小石岛看起来“貌不惊人”，过去，冬天水浅的时候，它露出水面才两丈多；洪水季节，只露出一个尖顶，看起来似乎马上要被洪水淹没。但是，千百年来，任凭洪水再大，风浪再高，它总是昂首挺立在激流中心，淹不没，冲不垮，因此人们把它作为中华民族性格的象征。自古以来，这座小岛吸引了许多帝王将相、文人骚客前来游览观赏，他们在这里留下了许多优美的诗词歌赋。唐太宗李世民题了这样一首诗：

仰临砥柱，北望龙门。
茫茫禹迹，浩浩长春。

著名的书法家柳公权为砥柱写了一首长诗，岛上镌刻了前四句：

禹凿锋鈚后，巍峨直至今。
孤峰浮水面，一柱钉波心。

砥柱除它那种坚不可摧的品性外，在茫茫的航程中，它还起到了航标的作用。

从汉代以来，直到陇海铁路线建成以前，从古长安到黄河下游各省，黄河是一条水上交通要道。尤其是隋炀帝开凿了长达2000公里的大运河以后，把海河、黄河、淮河、长江、钱塘江五大水系沟通起来，使黄河在漕运上的地位更高了。到了唐代，黄河下游和江淮平原各地，每年都要往长安运送皇粮，再加上商人往返运货，使黄河运输更加繁忙。但是那时的黄河是多么凶险啊！尤其是到了三门峡谷，地形骤变，河床陡峭，鬼、神、人三座石岛和其他大大小小的岛屿层层设障，因此这里经常发生船破人亡的悲惨事件。艄公们长年在外行船，稍一不慎，就连人带船葬身在三门峡谷，连个尸首也捞不着。在无数葬身洪水的艄公中，人们传颂着一位不知名的英雄艄公。

有一次，一位熟知三门峡航道的艄公驾着一条船顺流而下。船到三门峡时，天气骤变，峡谷里狂风怒吼，暴雨如注。瞬息间，黄河上浪涛汹涌，云遮雾挡，看不清水势，辨不明方向。老艄公凭经验掌握了舵，驾着船像箭似地穿过了神门河。但是下面的明岛暗礁在浓雾中难以辨认，狂风巨浪毫不留情地卷着小船往下漂流，眼看就要遇难。在这千钧一发之际，只听得老艄公向旁边的一个船工大声喊道：“掌好舵，朝我来！”紧接着，老艄公“扑通”一声跳进了惊涛骇浪之中。顷刻之间，前面又发出了一阵阵的喊声：“朝我来！朝我来……”船工们顾不得多想，驾着船，朝着发出声音的地方驶去。当船行到呼喊的地方时，大家才看清，原来老艄公像擎天柱似地屹立在激流中。船工们想接他上船，但激流推着小船，飞快地越过老艄公，驶到了安全地带。当船工们系住船，上了岸，返回到老艄公发出呼喊的地方时，大家都惊呆了。原来老艄公已变成一座石岛，昂首挺立在黄河中流。这时，云雾渐收，风波稍平，船工们才看清，老艄公呼喊的地方，正好是一条没有暗礁的安全航道。老艄公熟悉水情，所以献出自己的躯体，永远屹立在这个安全航道上，为过往的船只指引航向。因此，人们把这座石岛叫“朝我来”或“照我来”，又叫“中流砥柱”。

从此以后，砥柱就成了峡谷中的航标，船只驶过三门以后，有经验的艄公就朝着砥柱冲过去，眼看就要撞到岛上时，岛前浪涛的回水正好把船推进旁边的安全航道。这个惊险的场面，在古代诗人周昂的《题砥柱图》中有形象的描绘：

鬼门幽险深百嵩，人门逼窄逾两牢。
舟人叫渡口流血，性命咫尺轻鸿毛。
开图顿觉风雷怒，素发飘萧激衰腐。
河来天上石不移，安得此心如砥柱。

这是一个多么惊心动魄的场面！喊叫得口流鲜血的舟人命在

旦夕，可是当他们一见到砥柱时，心神马上就定了下来。人们似乎感到，老艄公在为他们护航，因此一到这里就有了安全感。是的，老艄公战胜了洪水，保护了人民，所以永远高出于水面，成为牢钉波心的中流砥柱，成为一座照亮航程的灯塔。“朝我来”这个别名，更加形象地体现了一种不惧强暴，为人民利益而牺牲自己的崇高精神，这就是我们伟大的中华民族的精神。

我爱砥柱，更爱砥柱精神！这种精神，是不屈不挠的中华民族性格的象征。它在我们敬爱的周恩来总理的身上得到了充分的体现！也在三门峡建设者的身上得到了充分的体现！三门峡大坝是万里黄河上的第一座坝，前无古人，没有任何经验可以借鉴，也没有任何教训可以记取，再加上我们对自然规律的认识不那么全面，因此整个三门峡水利枢纽的建设经历了一番艰难曲折的过程。周总理曾三次亲临施工现场，与大家共同探讨黄河自然规律，拨开了工程建设中的重重雾障，取得了大坝施工、增建、改建的伟大胜利。周总理就像屹立在黄河中流的砥柱那样，牢牢钉住波心，力挽狂澜，保护人民，把社会主义建设的航船送进了安全的航道……

如今，三门峡水利枢纽发挥了防洪、防凌、发电、灌溉、供水的综合效益，实现了古代人民在神话故事中寄托的理想与希望。

凝聚着砥柱精神的三门峡大坝，已经取代了古老的砥柱，起到了砥柱所起不到的作用！你们看，处于大坝保护下的中流砥柱，再也不必和风浪搏击了！它完成了自己的历史使命，心悦诚服地看守着大坝，成为大坝建设的见证。它滔滔不绝地告诉人们：三门峡大坝是我们当代的中流砥柱！

（作于 1991 年 12 月，选自《万里黄河第一坝》）

【作者简介】

顾丰年（1934—2007年），笔名瑞雪，上海人。著有散文集《古老的中原》，报告文学《土地的呼唤》（合著）。1994年，纪实小说《“美露号”专机上的秘使》发表于《名人传记》，同年选入纽约出版的《近代史秘》。

碧波荡漾黄河游

马　军

“黄河，中华民族的摇篮，我国古代文明的发祥地。”早在童年时代，头脑中就记下这些话。

近闻三门峡辟有“黄河游”，颇有吸引力，海内外赤子趋之若鹜，国际友人也发出感慨：“不登长城，不游黄河，等于没有来过中国！”

4月中旬的一天，风和日丽，柳暗花明。有幸与一批游人一道，实现了萦绕在心头多年的梦……

一到渡口，首先映入眼帘的便是那碧波荡漾、水天一色的湖水。人们惊呆了，有的说，好像是到了西子湖畔；有的说，简直可以和漓江媲美。我也在极力唤起头脑中的记忆，那弯弯曲曲、波涛汹涌、泥沙俱下的印象，几乎连一点影子也找不到了。

那接连起伏的远山，看来虽不险峻，却也秀丽，水中映出了它的倒影。两旁的垂柳，在水面只能露出树梢，它们要等到7月汛期到来之后，大坝开闸放水，才能重新露出地面。然而，它们却能照常地生长，足见其适应性之强。

这个地方叫太阳渡。眼前是老陕州的旧址，现已辟为风景区。据史书载：公元637年，唐太宗曾命大将丘行恭在这里建起一座长达76丈的浮桥，称“太阳桥”。“太阳渡”的名字或许就是由此而来吧！

“快来看，那高高的铁架是什么？”循声望去，果然见南岸有一铁塔似的桥架，上边还有大吊车。导游员介绍说：这是为修筑三门峡黄河大桥而搭起的栈桥，后年再来游玩时，这里就会出现一条飞架南北的彩虹，为“黄河游”再添一景。

船舱里设有舒适的雅座，但人们还是纷纷走出舱外，饱览两岸明媚的自然风光。眼前，时而闪过绿色的丛林，时而显出油绿的麦田，时而可见山间民舍飘出几缕白色的炊烟，时而可以看到山坡上的牛群、羊群，还有那桃红、李白、油菜黄……

突然，前面的水上出现许多移动的白点，及近，才看清是一群在湖面嬉戏的天鹅。几个游客高兴地跳了起来，几架照相机同时对准了这些可爱的鸟类。随着一声长鸣的汽笛，又把人们的视线引往另一个去处，岸上人来车往，河里满载车辆、行人的机动船正在往返轮渡，一派繁忙景象。

这里便是黄河上三大著名古渡之一的茅津渡。

早在公元前 658 年，晋献公收买了虞国的国君，破坏了虞虢联盟，由此渡口发兵，借道虞国消灭了虢国，回师途中又一举灭掉了虞国。从此，“唇亡齿寒”“假虞灭虢”的历史故事便千古流传。在抗日战争和解放战争时期，这里也是敌我必争的主要通道。1947 年 8 月，陈谢大军由此渡河挺进中原……

“茅津夜渡”是陕州八大景之一，我在想象着，那会是一番什么样的景象呢？月黑风高，一叶扁舟在浊浪滔滔的黄河中划行，只见船上的灯火左右摇摆，上下跳跃，忽明忽灭，时隐时现，随时有被吞没的危险。

一阵阵悦耳的唢呐声，把我从遐想中唤醒。这时我才发现多数人已进入舱内，坐在那里一边喝饮料，一边悠闲自得地观看表演。三名经过化妆的男女青年正在吹奏《朝阳沟》的曲子。乘坐这样的游艇，在这平静的湖面上游玩，再也不用担惊受怕了。有人把这段河面比作一匹经过驯服的良马，看来也是有道理的。

“大坝到了！”不知是谁喊了一声，人们纷纷涌出舱外，站在观景台上，一睹大坝雄姿。照相机“咔嚓、咔嚓”响成一片。

这座几十米高、七百多米长的混凝土大坝，像钢铁巨人一样耸立在两座大山之间，将黄河拦腰截断，从而使这条闻名于世的“害河”变成造福于人类的“利河”：防洪、防凌、灌溉、发电，过去是“三年两决口”，如今是岁岁平安。为了修建这万里黄河第一坝，周恩来总理曾三次来三门峡视察。数万名建设者更是为此流下了辛勤的汗水。董必武副主席曾题词“功迈大禹”，却也是恰如其分。

下了游船，登上坝顶，整个枢纽工程尽收眼底。上游库区形成湖泊，碧波粼粼，如同镶嵌在峡谷间的明镜；下游经过电站和溢洪道排出的库水，也清澈见底。那些沉积于库底的泥沙，要等到汛期到来，将大坝下边的十二眼排沙孔打开，顺河冲刷而下。到那时，黄河将改换成另一副面孔：闸门一经打开，河水便像脱缰的野马，像咆哮的雄狮，跌岩冲撞，浊浪排空，几里之外便能听到它的轰鸣，溅起的浪花飞出几十米远，即便站在岸上，不小心也会弄脏衣服。

在坝的前方，有一座高出水面十几米的石峰，这便是象征中华民族不屈不挠精神的中流砥柱。然而和巍巍大坝相比，却显得那么渺小、孤单，像个微不足道的盆景。面对汹涌澎湃的黄河，它能阻挡些什么，改变些什么呢？只有像大坝那样，把神门、鬼门、人门连接一起，用钢筋水泥浇铸成一道铜墙铁壁，才能从根本上制服黄河，造福人类。万里黄河千年流淌，本无功过可言，谋事在人，那些工程的决策者、建设者们才是人们心目中的“中流砥柱”！

（选自《三门峡沧桑》，河南人民出版社 1992 年出版）

【作者简介】

马军（1952—　），笔名天马、思义，山东阳谷人，中国作家协会会员。著有长篇报告文学《京九潮》《祖国不会忘记孔繁森》《警旗》《领导干部的楷模孔繁森》，作品精选集《故道潮》等。

第四篇

美术、音乐、影视及书法作品

美术作品

吴作人的三门峡油画

1949 年中华人民共和国成立之后，作为一名美术工作者和中华人民共和国美术界领航者之一的吴作人，对于中华人民共和国美术发展的方向有着清晰的认识。1951 年，他在《新中国美术——中国文化代表团访问印度时的致辞》中讲：“总的说来，新中国的美术工作的基本特征，是在紧密配合政治任务。要在群众中能发生（挥）宣传鼓舞及教育的有效作用。美术工作者努力于生活实践，积极学习政策，作品能够正确反映生活，获得群众喜爱。”他在个人的艺术创作中，也是这样率先垂范、予以践行的。

继 1954 年 5 月赴安徽佛子岭水库大坝建设工地写生采风之后，1955 年 12 月初，他又以人大代表的身份，随河南省人大代表团视察黄河水利工程项目。为创作油画《黄河三门峡》，在考察团返回郑州时，他单独留在三门峡一周时间，以便做进一步的考察，并作大量速写。1959 年，吴作人再次来到三门峡大坝工地考察写生。他通过两次考察写生收集了丰富的创作素材。吴作人先生原先曾计划要创作“黄河三部曲”，第一次写生归来后创作了三部曲之一《黄河三门峡·中流砥柱》，第二次写生归来创作了三部曲之二《三门峡大坝工地·人定胜天》，可惜因种种原因未能完成“黄河三部曲”之三。吴作人先生满怀对三门峡的热忱，不仅创作了多幅三门峡题材的油画作品，还充满热情地赋诗撰文，颂扬黄河和三门峡这一伟大的水利枢纽工程。

20 世纪五六十年代，吴作人先生的足迹遍布祖国大江南北。

他深入工厂、建设工地、部队、矿场，用他那灵动多彩的画笔，满怀深情地讴歌了中华人民共和国社会主义建设的伟大成就，弘扬了我国人民艰苦奋斗的创业精神和时代风貌。他说：“在我们的社会主义国家里，美术是人民的战斗武器，是建设者的鼓手，是生活与美的赞歌。这正是由于人民的精神世界和现实生活都这样丰富和广阔，它要求而且决定着新中国美术的内容和形式的多样性和丰富性。美术的百花齐放是和社会主义的发展密切相联系的，它反映着革命的现实和革命的理想。”

【画家简介】

吴作人（1908—1997 年），安徽宣城泾县人，生于江苏苏州，中国现代著名画家、教育家。1926 年入苏州工业专科学校建筑系，1927—1930 年初先后就读于上海艺术大学、南国艺术学院美术系及南京中央大学艺术系，师从徐悲鸿先生，曾任中央美术学院院长、中国美术家协会（中国美协）主席。在素描、油画、艺术教育方面都造诣甚深，在中国画创造方面更是别具一格、自成一家。他是继徐悲鸿之后中国美术界的又一领军人物。其油画《齐白石像》《三门峡》，中国画《牧驼图》等均被中国美术馆收藏，出版有《吴作人画集》《吴作人速写集》等数十种。

【创作与作品】

1955年，吴作人在三门峡写生

1955—1956年，吴作人创作黄河三部曲之一
《黄河三门峡·中流砥柱》照片之一

1955—1956年，吴作人创作黄河三部曲之一
《黄河三门峡·中流砥柱》照片之二

1959年，吴作人和萧淑芳在三门峡大坝工地写生

中華人民共和國第一屆全國人民代表大會
代表當選證書
姓名 吴作人
年齡 四十五歲
性別 男
代表單位 河南省
中央選舉委員會
中央選舉委員會印
一九五四年 九 月 一 日

吴作人1954年中华人民共和国第一届全国人民代表大会代表当选证书

吴作人作《黄河三门峡·中流砥柱》油画　40厘米×53厘米（1955—1956年）

吴作人作《三门峡大坝工地·人定胜天》木板油画　53厘米×40厘米（1959年）

吴作人作黄河三门峡大坝油画　40厘米×53厘米（1959—1960年）

吴作人作黄河三门峡工程队宿营处油画　40.5厘米×53厘米（1959年）

吴作人作《中流砥柱》（人民美术出版社）

吴作人作《中流砥柱》（天津美术出版社）

吴作人作三门峡工地速写之一　19.5厘米×27.5厘米（1955年，中国美术馆藏）

吴作人作三门峡工地速写之二　19厘米×27.5厘米（1955年，中国美术馆藏）

吴作人作三门峡工地速写之三　27厘米×38.5厘米（1955年，中国美术馆藏）

吴作人作三门峡工地速写之四　19厘米×27.5厘米（1955年，中国美术馆藏）

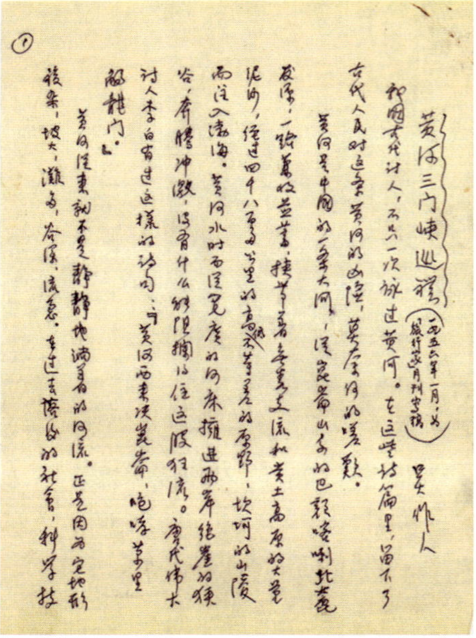

吴作人发表于1956年2月《旅行家》杂志的文章《黄河三门峡》手稿之一

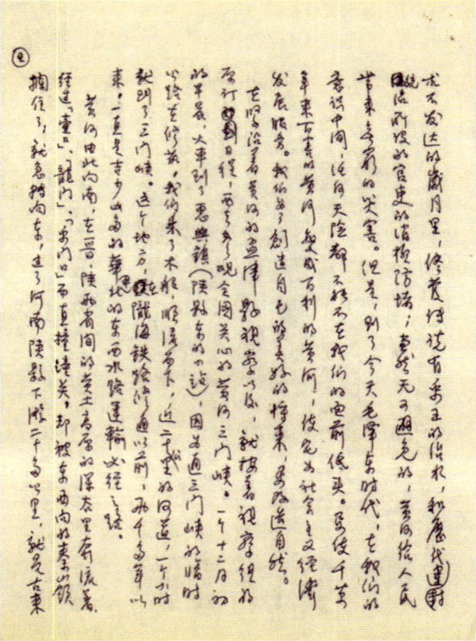

吴作人发表于1956年2月《旅行家》杂志的文章《黄河三门峡》手稿之二

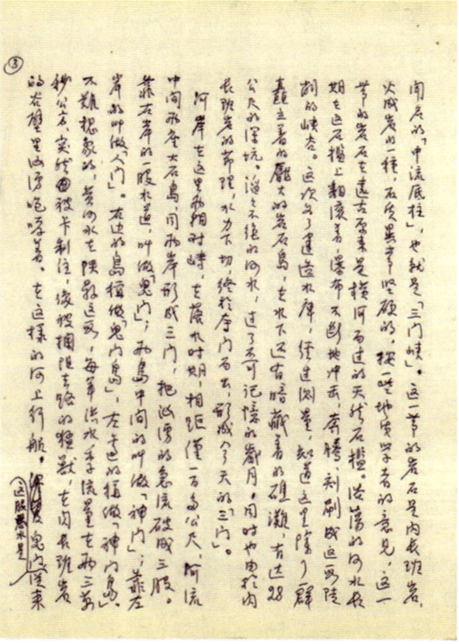

吴作人发表于1956年2月《旅行家》杂志的文章《黄河三门峡》手稿之三

大家画说三门峡

20 世纪 60 年代初以来，举世瞩目的三门峡水利枢纽工程建设在社会各界引起广泛关注，也引来了南北各地美术家的目光和身影，有江苏的傅抱石、钱松喦、宋文治、魏紫熙、余彤甫、张晋、丁士青等，有时任广州美院副院长的黎雄才，有时任郑州艺术学院院长谢瑞阶等。当时中央美术学院也有很多艺术家前往三门峡采风写生，仅吴作人先生第二次赴三门峡时，随行的中央美院的艺术家就有萧淑芳、陆鸿年、文金扬、宗其香、刘勃舒、刘力上、陈志农、王定理等 8 位国画系老师。

【画家简介】

黎雄才（1910—2001 年），广东省肇庆人，当代国画家、美术教育家，岭南画派卓有成就的代表人物。擅长巨幅山水画，精于花鸟草虫，画作气势浑厚、自具风貌，被评论界称为“黎家山水”。20 世纪 30 年代初作品《潇湘夜雨》荣获比利时国际博览会金奖，1954 年创作的《武汉防汛图卷》被美术评论界誉为“抗洪史诗”。

1959年6月，上海美术人民出版社出版《黎雄才三门峡工地写生》作品散页选之一

1959年6月，上海美术人民出版社出版《黎雄才三门峡工地写生》作品散页选之二

萧淑芳（1911—2005年），广东省中山市人，中央美术学院教授，中国当代著名画家。曾任中央美术学院国画系副教授、教授，中国美术家协会会员，全国妇联第四届执委，中国民主同盟盟员，吴作人艺术馆馆长，吴作人国际美术基金会会长。以花卉画作享名于世，兼擅风景、静物、肖像等绘画。其作品高迈行云，渐至化境。

1959年11月，萧淑芳三门峡水彩写生作品

钱松喦（1899—1985 年），又名松岩，曾用名喦庐主人，江苏宜兴人，中国现代画家。曾任第四、五、六届全国人大代表，江苏省人大常务委员，中国文联委员，中国美术家协会常务理事和艺术顾问，江苏美协名誉主席，江苏国画院院长。他在 85 岁高龄时加入中国共产党，实现了多年夙愿。

1960年11月，钱松喦创作的国画作品《三门峡工地》印刷品

谢瑞阶（1902—2000 年），曾用名谢宝树，号就简老人，笔名黄河老人，河南巩义人。中国现代著名国画家、书法家、教育家。曾任河南省文联副主席、河南省美术家协会主席、河南省书法家协会主席、中国文联委员、中国美术家协会理事、中国书法家协会理事、全国政协委员等。其书法以章草见长，早期清雅洒脱，晚期较苍劲厚重。以黄河为主题，他创作了大量表现黄河的作品，意境宏阔，气势磅礴，尤富特色。谢瑞阶创作

的《大河上下 浩浩长春》陈列于人民大会堂，被公认为是黄河画的杰作，是现代山水画发展的里程碑。《黄河三门峡》入选 1960 年全国美术作品展览，《黄河在前进》入选 1973 年全国美术作品展览。

1959年，河南人民出版社《谢瑞阶写生集》选页

音乐作品

祖国颂

词/乔　羽　曲/刘　炽

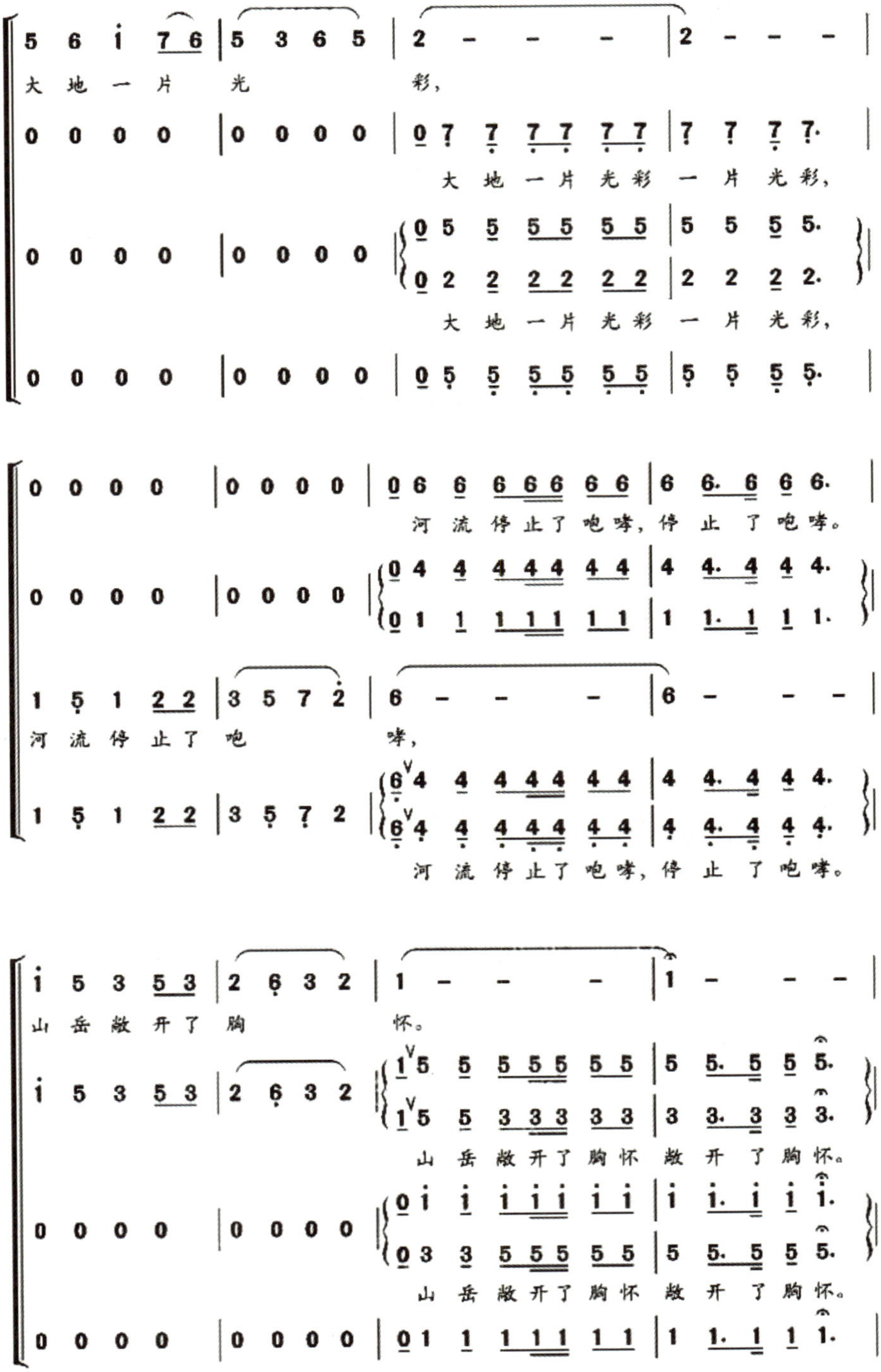
大地一片光彩，
大地一片光彩一片光彩，
大地一片光彩一片光彩，
河流停止了咆哮，停止了咆哮。
河流停止了咆哮，
河流停止了咆哮，停止了咆哮。
山岳敞开了胸怀。
山岳敞开了胸怀敞开了胸怀。
山岳敞开了胸怀敞开了胸怀。

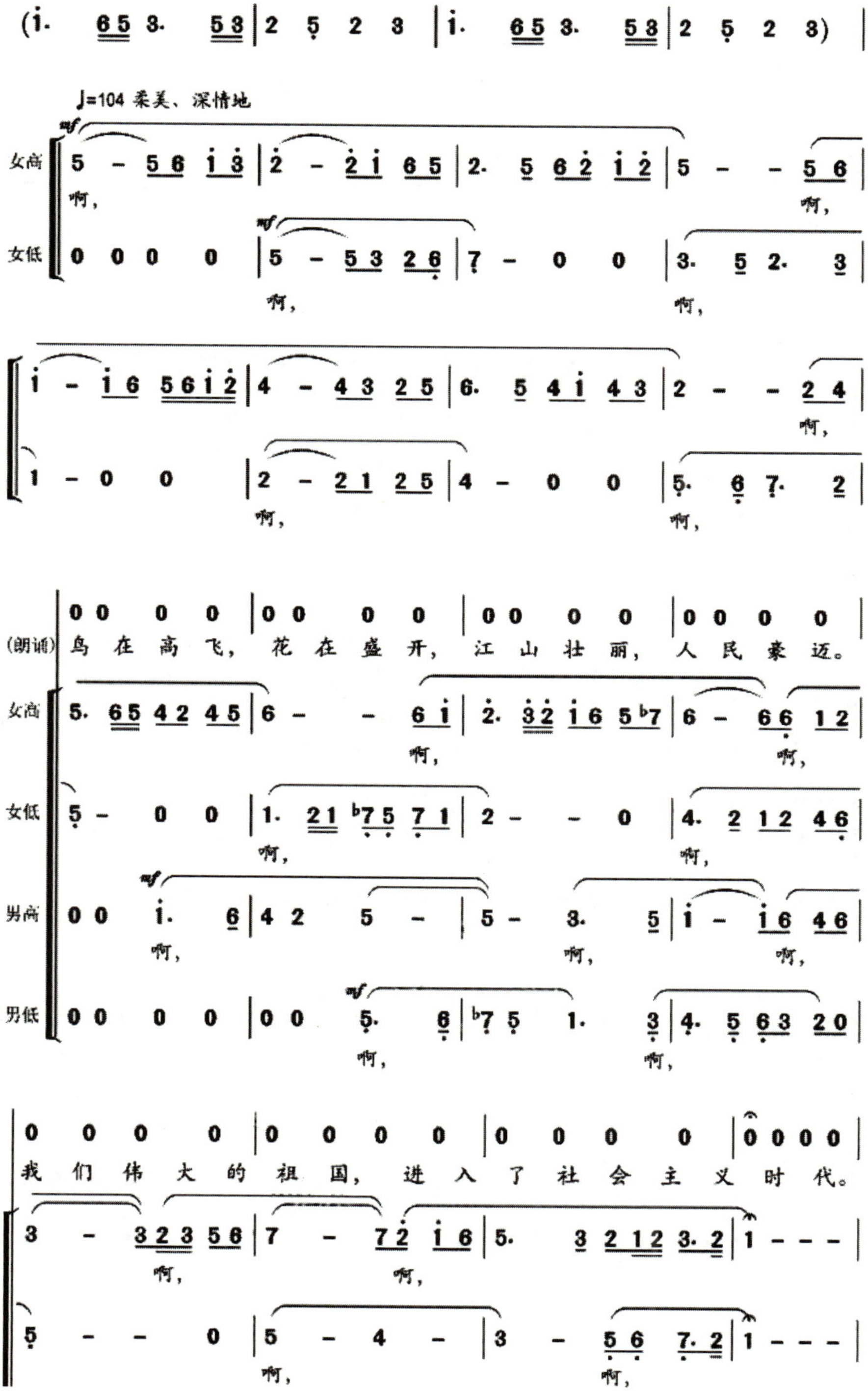
♩=104 柔美、深情地
女高
女低
啊，
(朗诵)
鸟在高飞，花在盛开，江山壮丽，人民豪迈。
男高
男低
我们伟大的祖国，进入了社会主义时代。

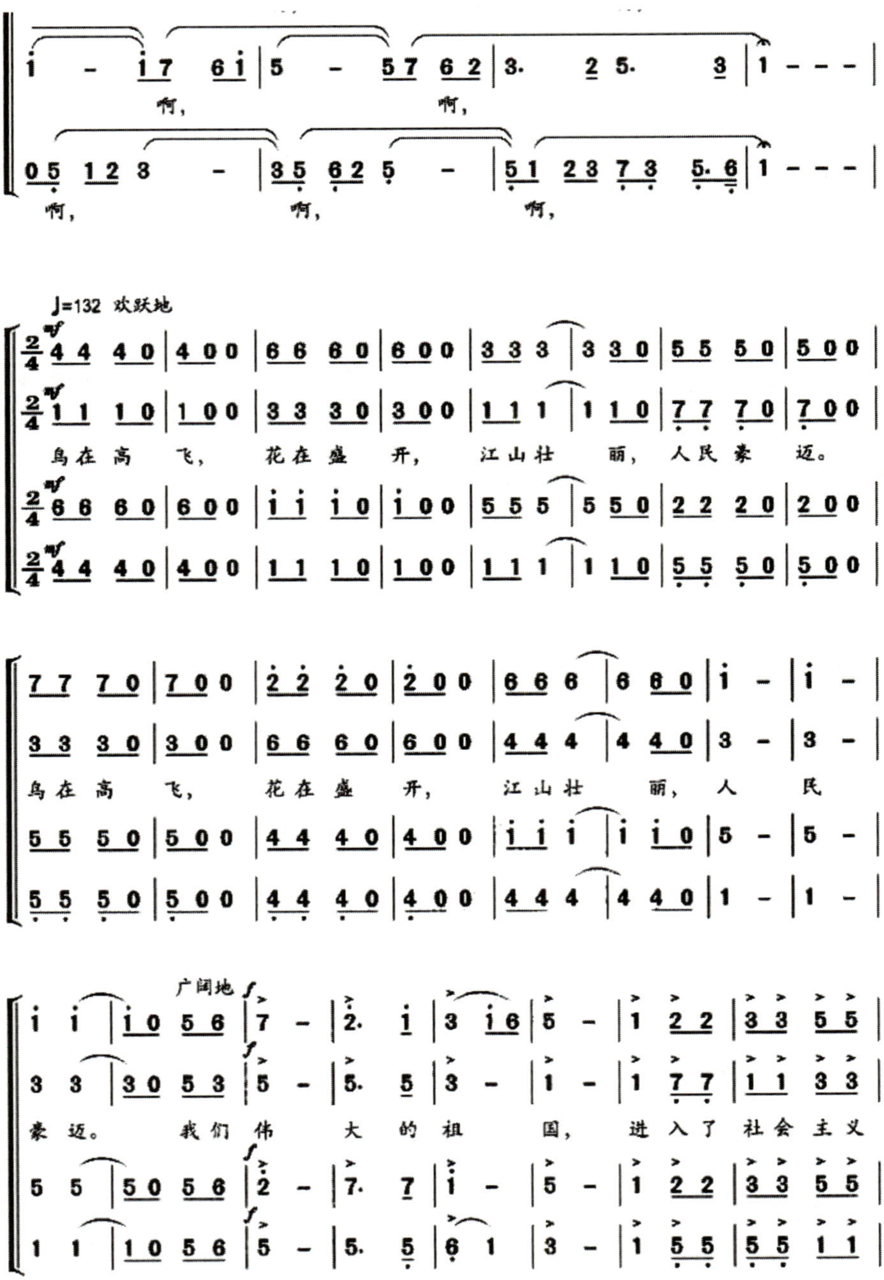
啊，
啊，
啊，
啊，
啊，
♩=132 欢跃地
鸟在高飞，花在盛开，江山壮丽，人民豪迈。
鸟在高飞，花在盛开，江山壮丽，人民
广阔地
豪迈。我们伟大的祖国，进入了社会主义

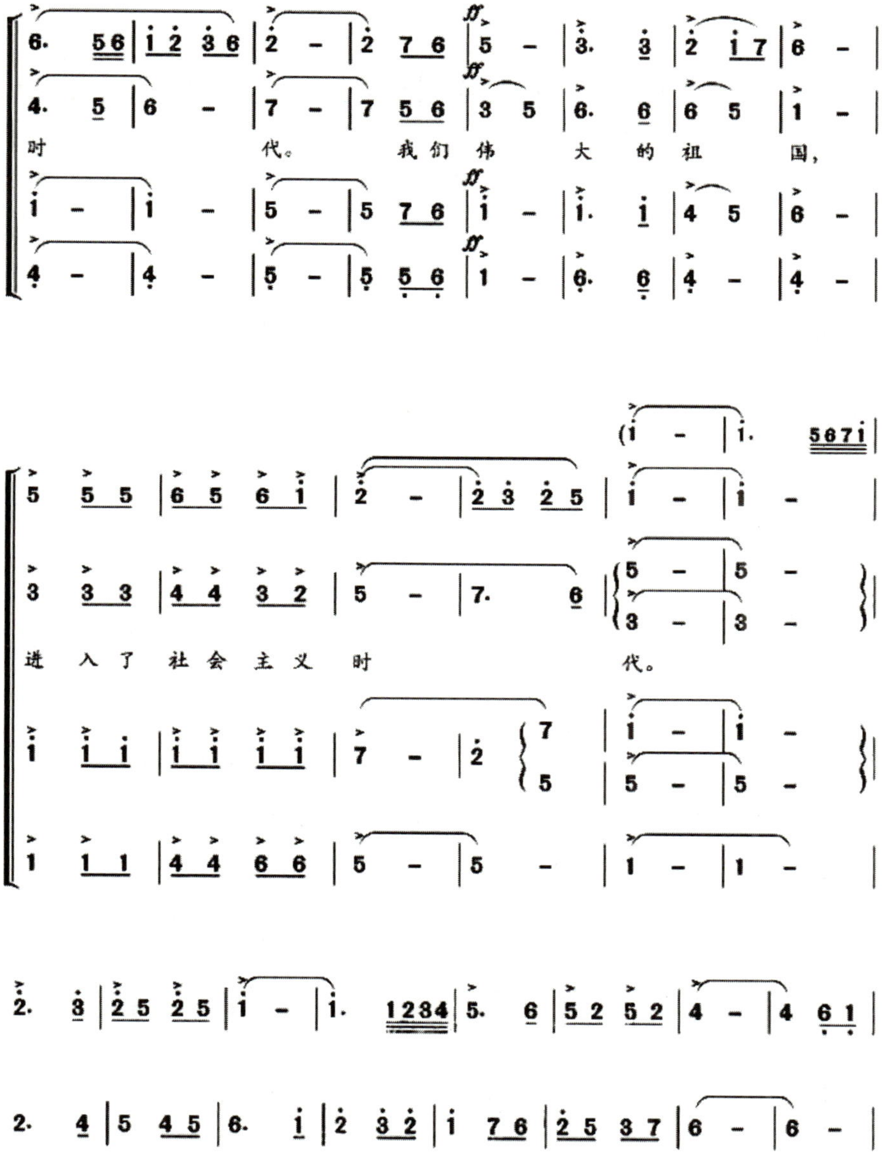
时 代。我们伟大的祖国，
进入了社会主义时 代。

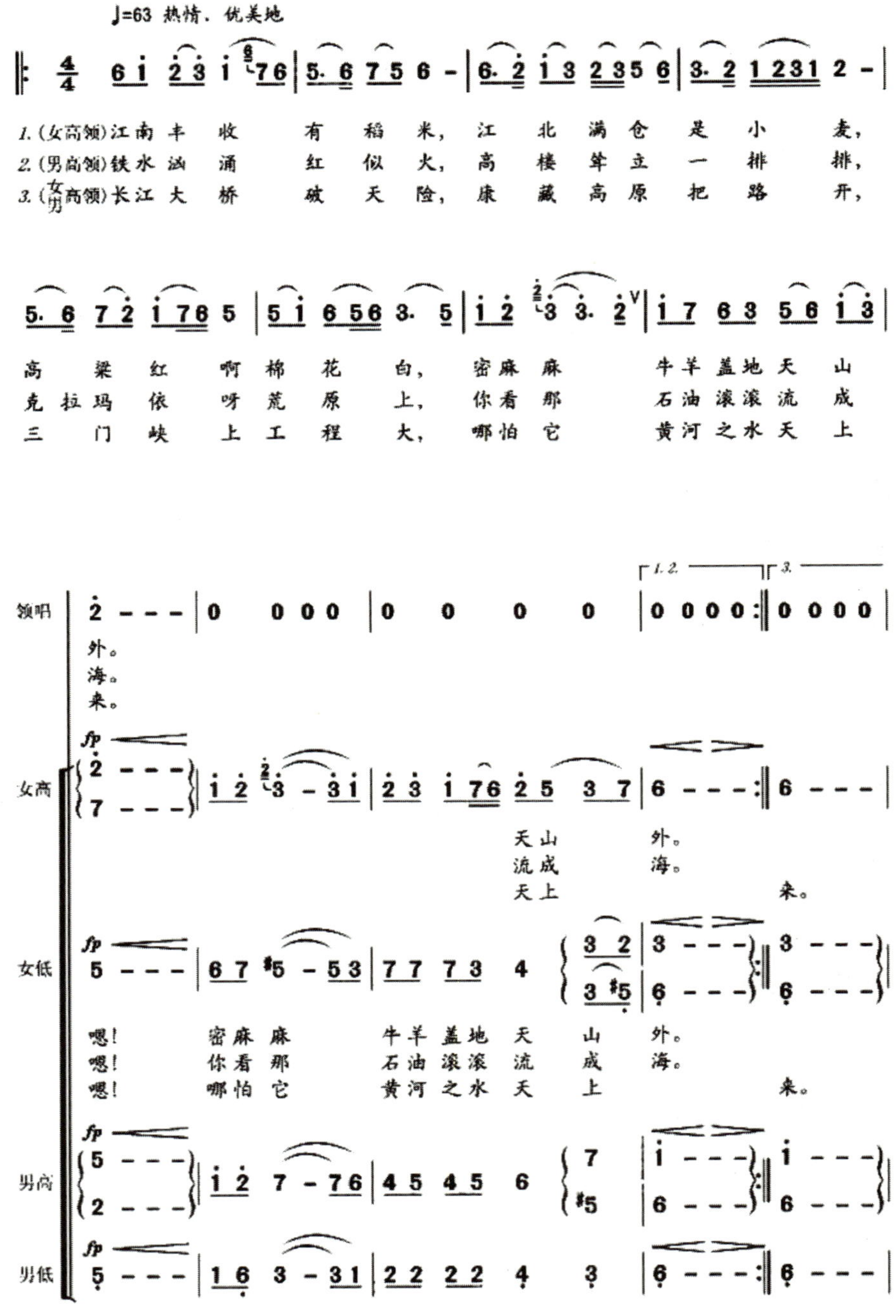
♩=63 热情、优美地
1.（女高领）江南丰收有稻米，江北满仓是小麦，
2.（男高领）铁水汹涌红似火，高楼耸立一排排，
3.（女男高领）长江大桥破天险，康藏高原把路开，
高粱红啊棉花白，密麻麻牛羊盖地天山
克拉玛依呀荒原上，你看那石油滚滚流成
三门峡上工程大，哪怕它黄河之水天上
领唱
外。
海。
来。
女高
天山外。
流成海。
天上来。
女低
嗯！密麻麻牛羊盖地天山外。
嗯！你看那石油滚滚流成海。
嗯！哪怕它黄河之水天上来。
男高
男低

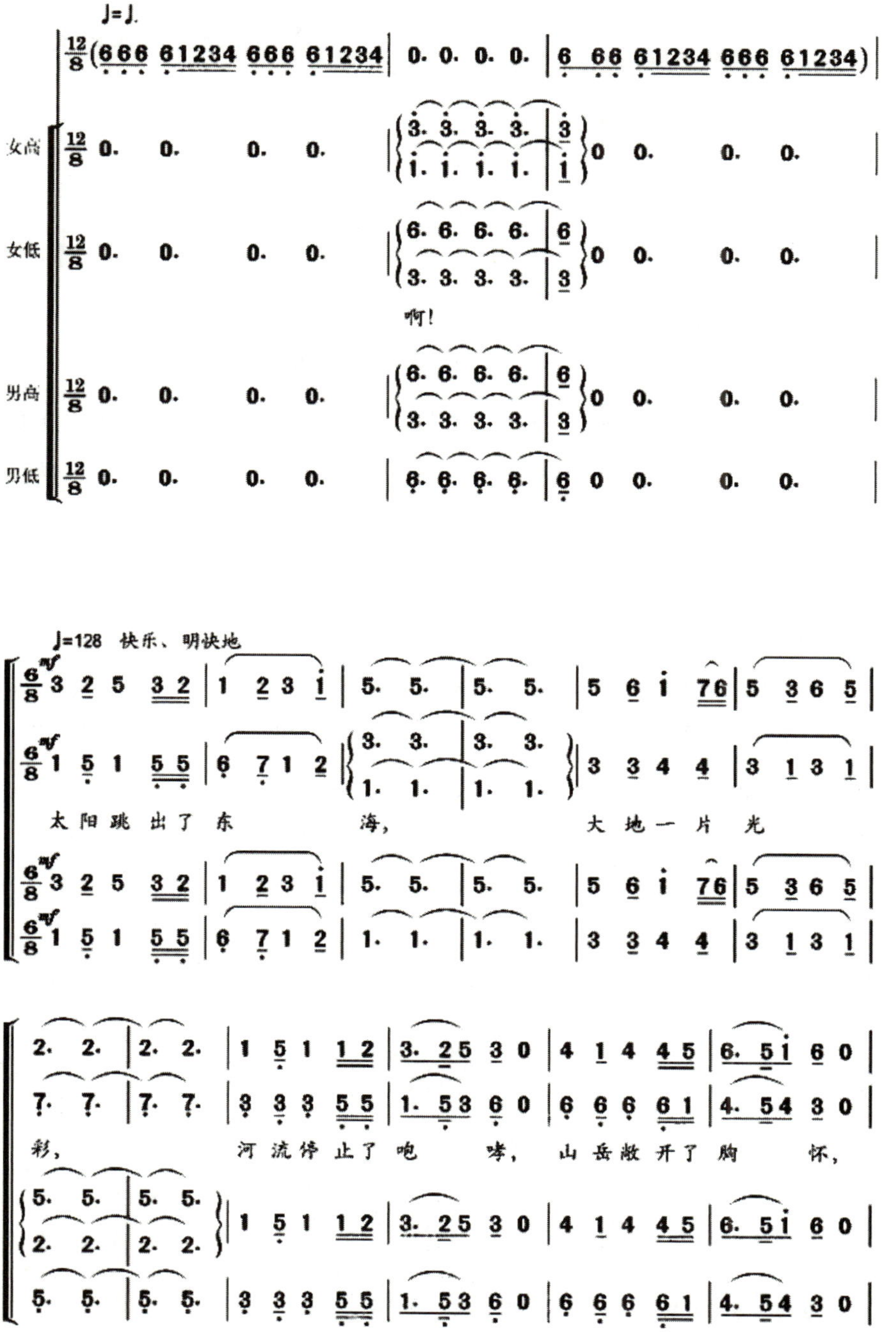

♩=♩.
女高
女低
啊！
男高
男低
♩=128 快乐、明快地
mf
太阳跳出了东 海， 大地一片光
彩， 河流停止了咆 哮， 山岳敞开了胸 怀，

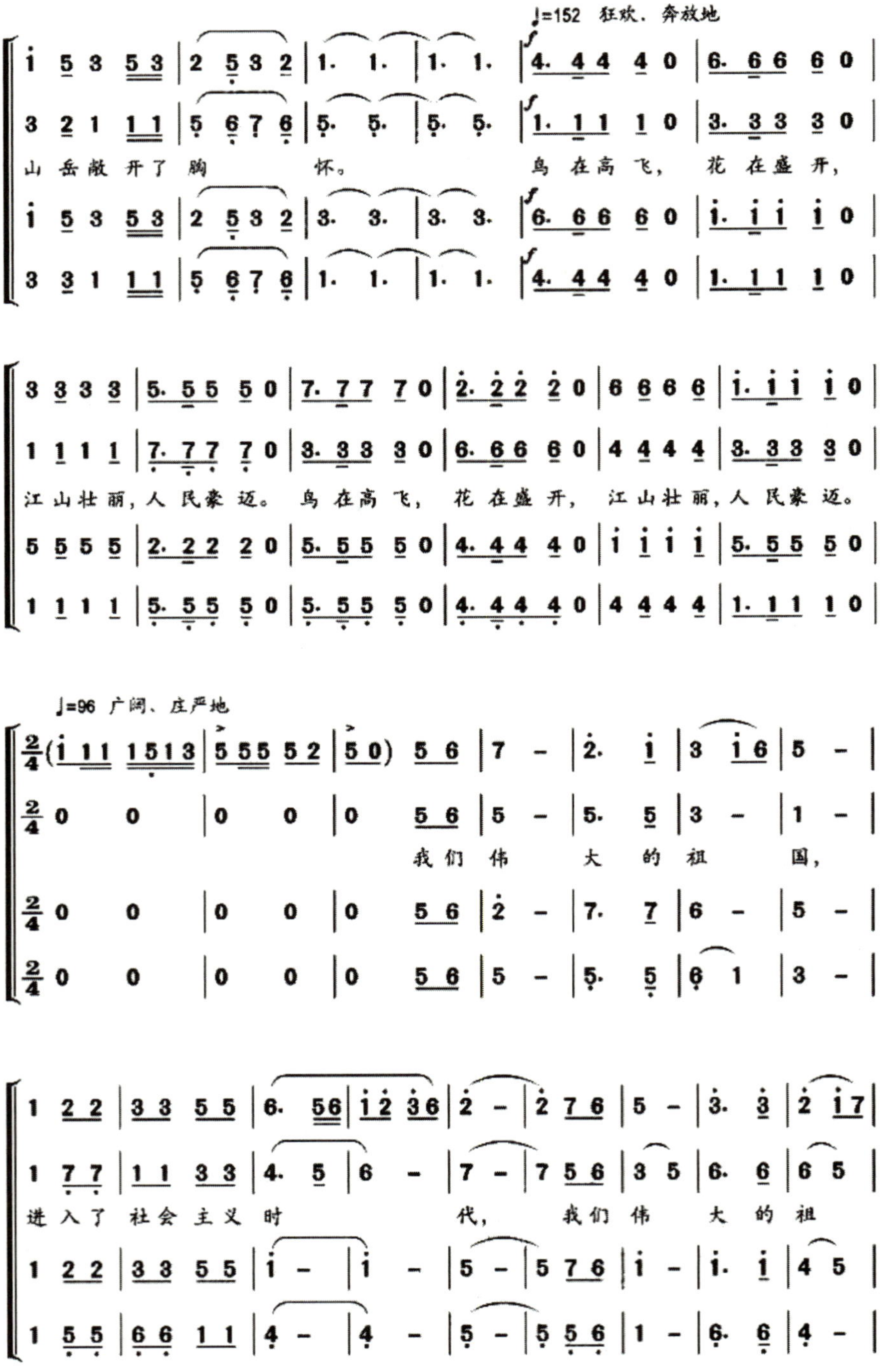
♩=152 狂欢、奔放地
山岳敞开了胸 怀。 鸟在高飞， 花在盛开，
江山壮丽，人民豪迈。 鸟在高飞， 花在盛开， 江山壮丽，人民豪迈。
♩=96 广阔、庄严地
我们伟大的祖国，
进入了社会主义时 代， 我们伟大的祖

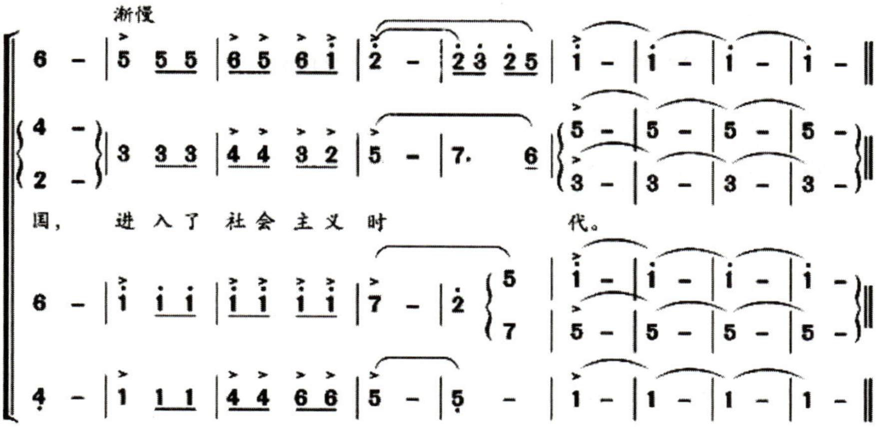

太阳跳出了东海跳出了东海，
太阳跳出了东海，
太阳跳出了东海跳出了东海，
大地一片光彩，
大地一片光彩一片光彩，
大地一片光彩一片光彩，
河流停止了咆哮，停止了咆哮。
河流停止了咆哮，
河流停止了咆哮，停止了咆哮。
山岳敞开了胸怀。
山岳敞开了胸怀敞开了胸怀。
山岳敞开了胸怀敞开了胸怀。
啊，啊，啊，啊，
啊，啊，啊，
鸟在高飞，花在盛开，
江山壮丽，人民豪迈。
啊，啊，啊，啊，
啊，啊，啊，啊，啊，

我们伟大的祖国，
进入了社会主义时代。
啊，啊，啊，啊，
啊，啊，啊，啊，啊，
鸟在高飞，花在盛开，
江山壮丽，人民豪迈。
鸟在高飞，花在盛开，
江山壮丽，人民豪迈。
我们伟大的祖国，
进入了社会主义时代。
我们伟大的祖国，
进入了社会主义时代。
江南丰收有稻米，
江北满仓是小麦，
高粱红啊棉花白，
密麻麻牛羊盖地天山外。天山外。
嗯！密麻麻牛羊盖地天山外
铁水汹涌红似火，
高楼耸立一排排，
克拉玛依呀荒原上，
你看那石油滚滚流成海。流成海。
嗯！你看那石油滚滚流成海。
长江大桥破天险，
康藏高原把路开，
三门峡上工程大，
哪怕它黄河之水天上来。天上来。
嗯！哪怕它黄河之水天上来。

啊！太阳跳出了东海，大地一片光彩，
河流停止了咆哮，山岳敞开了胸怀，
山岳敞开了胸怀。
鸟在高飞，花在盛开，
江山壮丽，人民豪迈。
鸟在高飞，花在盛开，
江山壮丽，人民豪迈。
我们伟大的祖国，
进入了社会主义时代，
我们伟大的祖国，
进入了社会主义时代。

1957 年，为庆祝中华人民共和国成立八周年，中央新闻纪录电影制片厂拍摄了我国第一部大型宽银幕文献纪录片《祖国颂》。其中有同名主题歌《祖国颂》，为气势恢宏的大型合唱，由乔羽作词、刘炽谱曲。歌声融于影片生动的纪实画面中，满怀激情地赞颂了中华人民共和国所取得的辉煌成就。整首歌意境高远，撼人心魄，对祖国的挚爱之情和民族自豪感充溢其间。

【乐曲赏析】

《祖国颂》是一首单乐章合唱曲，气势磅礴、优美清淳，具有鲜明的民族风格。全曲分为三部分：第一部分采用领唱、合唱的形式，旋律舒展开朗，热情赞颂了祖国的壮丽山河；第二部分旋律抒情宽广，描绘了祖国各地繁荣昌盛的景象；第三部分为歌曲第一部分的再现，意境更为瑰丽，显示出伟大祖国的前进步伐和人民的豪迈气概。

【词、曲作者简介】

乔羽（1927—），原名乔庆宝，山东济宁人。著名词作家、剧作家，全国第一届金唱片奖获得者，有“词坛泰斗”之称。曾任中国歌剧舞剧院院长，中国剧协第四届理事，中国音乐文学学会会长，中国国际文化交流中心理事，第八届全国政协委员。创作以歌词和剧本为主，《我的祖国》《人说山西好风光》一经谱曲，广为传唱。著有歌词集《小船儿轻轻》，代表作《让我们荡起双桨》《我的祖国》《祖国颂》《牡丹之歌》《难忘今宵》《思念》《说聊斋》等均获全国大奖。

刘炽（1921—1998年），原名刘德荫，曾用名笑山，陕西西安人，中国著名的电影作曲家和歌曲家。历任抗战剧团舞蹈演员（舞蹈班副班长），延安鲁迅艺术文学院音乐系教员，研究生。从事音乐创作五十多年，写了大、中、小音乐作品近六百件，其中《白毛女》于1952年在莫斯科获斯大林奖金。电影音乐有《风暴》《祖国颂》《兵临城下》《英雄儿女》《走向新中国》《大渡河》《飞虎》等十余部。他创作的《工人大合唱》《边疆战士大合唱》《祖国颂》等，曾在北京及许多大城市上演。

三门峡大合唱
（歌词）

光未然

（一）龙虎斗

一条飞龙醉醺醺，
摇头摆尾过龙门，
山里闯，谷里奔，
不到大海心不平。
呼朋唤友来相会，
呼风唤雨来送行，
冲出潼关扑向三门峡，
好似千军万马夺三门。

鬼门神门人门岛，
铜头铁臂站在河中心，
只见那鱼龙大军怒气冲冲扑上来，
三勇士大喝一声：不许通行！
千秋万岁龙虎斗，
只杀得洪水滔天。

鬼哭神号
万山起雪鸣。
多亏大禹来劝解，
这才打开三门，

放它鱼龙三军，
分成三股向东行。
黄河喝得醉醺醺，
满身泥沙满脸浑。
黄河不解心头恨，
横冲直闯怒腾腾。
神门也是鬼门关；
人门一样不饶人！
可怜秦皇汉武帝，
大军不敢过三门！
三门峡里风雷险，
愁煞了多少天子多少臣！
群臣妙计安天下，
都变成一堆笑话流传到如今。

（二）太阳出来一盆花

太阳出来一盆花，
照见长安帝王家。
正宫娘娘生太子，
满朝文武都插花。
文官诗赋做得好；
武官打仗也不差；
文武百官无其数，
个个伸手要钱花。

太阳出来一盆花，
照见黄河浪淘沙。

河里船舶结成队，
河边百姓把纤拉。
南北官员尽忠孝，
到处忙把地皮刮，
金银财宝无其数，
送与长安帝王家。

太阳出来一盆花，
照见天险三门峡。
船夫叫得口流血，
纤夫吓得脚底滑。
啪啦一声纤绳断，
哗啦一声栈道垮。
一阵漩涡船不见，
到不了长安回不了家！

太阳出来一盆花，
照见百姓把山挖。
长安天子下诏令：
挖河绕过三门峡。
昨天运河刚挖好，
今天满河淤泥沙！
天子下令疏河道，
山崩地裂把人压！

太阳出来一盆花，
照见朝廷大搬家。

要想江山坐得稳，
只好躲开三门峡！
百姓年年闹水灾，
黄河年年把水发！
可怜唐宋元明清，
文武百官无办法！

太阳出来一盆花，
照见蒋匪把堤扒。
美机炸开花园口，
百万男女喂鱼虾！
帝国主义心肠狠；
革命怒潮力量大；
怒潮赛过黄河水，
一轮红日满天霞！

（三）三门峡战歌

天翻地覆乾坤转，
工人阶级坐江山，
不准河流把祸闯，
不准高山把路拦。
人民政府发号令，
改造黄河挽狂澜。
各路英雄听调遣，
不到黄河心不甘。
大军开到黄河边，
要和黄河比长短。
禹王又来劈三门；

今天的禹王千千万！
指挥机械七千台，
我把山河重裁剪。
峡谷日夜起风雷，
风雷雨电归我管。
太阳照在三门峡，
一片红旗迎风展；
铁马成群响隆隆；
铁塔如林光闪闪。
娘娘河，
填个满！
人门岛，
连根铲！
拔掉狮子头！
围起拦洪堰！
截断黄河水！
封住三门关！
吓得黄河水倒流，
神岛鬼岛把颜色变！
神岛鬼岛你莫愁，
你的力量大无边，
你扛起拦河大坝高如山，
千秋万代把洪水拦！
黄河黄河你莫愁，
你的力量大无边，
你推动水轮机，
发出高压电；

献出一河水，
灌溉万里田；
做一个建设社会主义的英雄汉！
黄河黄河你莫愁，
你横冲直闯了几万年，
从今后改头换面，
做一个建设社会主义的英雄汉！

（四）黄河英雄歌

我在工地上奔忙，
我把现场当战场。
机器排成钢铁阵，
威武盖过日月光。
铁手劈开三门峡，
钢鞭击退黄河浪，
钢铁巨人听号令，
我好比猛虎添翅膀！
黄河水，万里长，
我把它当成个练兵场。
水电大军千千万，
个个武艺练的强。
黄河水，万里长，
我把它修成个大工厂。
万里黄河万里电；
万顷波涛万顷粮。
我有一分热，
发出一分光；
我一团烈火在胸膛。

我有一颗心，
心里亮堂堂；
我一颗红心献给党。
我有一双手，
越练越坚强；
拿过锄头夺过机关枪。
高山见了我，
不敢把路挡；
洪水见了我直发慌。
我是祖国建设者，
乘风破浪走四方；
治了淮河治黄河，
治了黄河治长江。
这股劲头哪里来？
就因为有了共产党！
我是祖国建设者，
乘风破浪走四方；
走到黄河黄河清，
走到长江长江亮。
这股力量哪里来？
就因为有了共产党！

（五）河边玫瑰树

窗前玫瑰树，
吐蕊黄河边。
亭亭高如柳，
朵朵大如拳。
鲜花一团团，

枝条着地弯；
娇红一串串，
可以做花环。
峡谷多春风，
迎风醉若颠。
月下吐幽芳，
满院香且甜。
谁说黄河两岸多风沙，
不比花香鸟语是江南？
试看牡丹玫瑰多丰采，
三门峡畔展笑靥。
男女建设者，
鏖战三门关，
工地踏歌回，
玫瑰迎人在窗前，
香风扑人脸，
长臂拂人肩。
今天任务完成好，
倒在床头梦也酣；
梦见峡谷建成水电站，
荒山变成花果山，
满山玫瑰牡丹花如烟。

（六）歌唱新黄河

一条飞龙笑盈盈，
摇头摆尾过龙门，
山里唱，谷里鸣，
一心跨海去东征。

顶天立地的拦河坝，
拦住黄河你慢慢行！
听说英雄本领大，
请你留下显威灵！
黄河笑一声，
万里农田麦苗青。
黄河唱一声，
队队轮船汽笛鸣。
黄河笑一声，
电光射出水晶宫。
黄河唱一声，
满地工矿满天星。
太阳出，黄河清，
锦绣河山面貌新。
工人阶级神通广，
能使江河改性情。
从前人把黄河恨；
今天黄河爱煞人！
从前人把黄河怨；
今天黄河立功勋！
太阳出，黄河清，
人比黄河有本领！
六亿人民好身手，
赛过黄河波涛汹涌跳龙门！
共产主义人人心，
能使人人变巨人。
人人心里一条黄河水，

满腔热血好比黄河怒涛在奔腾！
中国人民大觉醒，
乘风破浪向前奔！
奔到世界最前面，
东风传遍凯歌声！
中国人民大觉醒，
乘风破浪向前奔！
旧世界乌云盖顶，
新世界万丈光明！

（后记）1958年春，我随文艺界几位同志访问三门峡，逗留两周。回京后趁热打铁，写出《三门峡大合唱》歌词，意在表现我国人民改造旧河山、建设新生活的英勇身手。当时同访三门峡的作曲家瞿希贤同志为之热心制曲，她的曲子写得好，朝气蓬勃而且豪迈动听，富于民族和时代特色。中央乐团曾在京组织演唱。将近30年过去了，一切情况发生很大变化；三门峡也在新时期发挥出新的效益。我觉得这首歌曲所歌颂的新时代的大禹精神并未过时。但其中部分内容，例如第五首《晚风吹过三门峡》的歌词内容，还有最后一首结尾地方的词句，确乎不合时宜了。为求今后也许还有演唱机会，这次将第五首原歌词删去，而代之以当年在三门峡写的短诗《河边玫瑰树》（可处理为女声独唱）。最后一首《歌唱新黄河》结尾部分的歌词，也略作修改。是为记。1987年8月于烟台。

（1958年5月写完，1987年8月修订。选自《光未然歌诗选》，人民文学出版社1990年出版）

【词作者简介】

光未然（1913—2002年），原名张光年，湖北光化人，现代诗人、文学评论家，曾任中国作家协会党组书记，并被选为第三、五届全国人大代表，中国共产党中央顾问委员会委员，中国作家协会副主席。著有组诗《黄河大合唱》《五月的鲜花》《屈原》等，古典文学研究成果《骈体语译文心雕龙》。

三门峡畅想曲

刘文金

1＝F（6 3弦）

【引子】速度自由　辽阔地

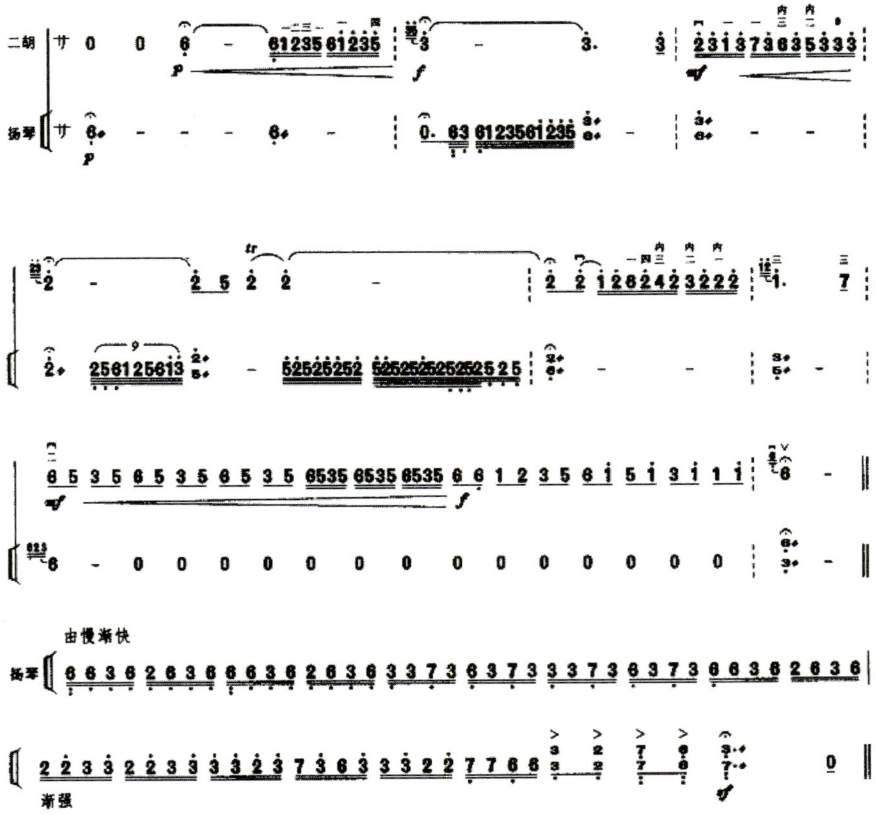

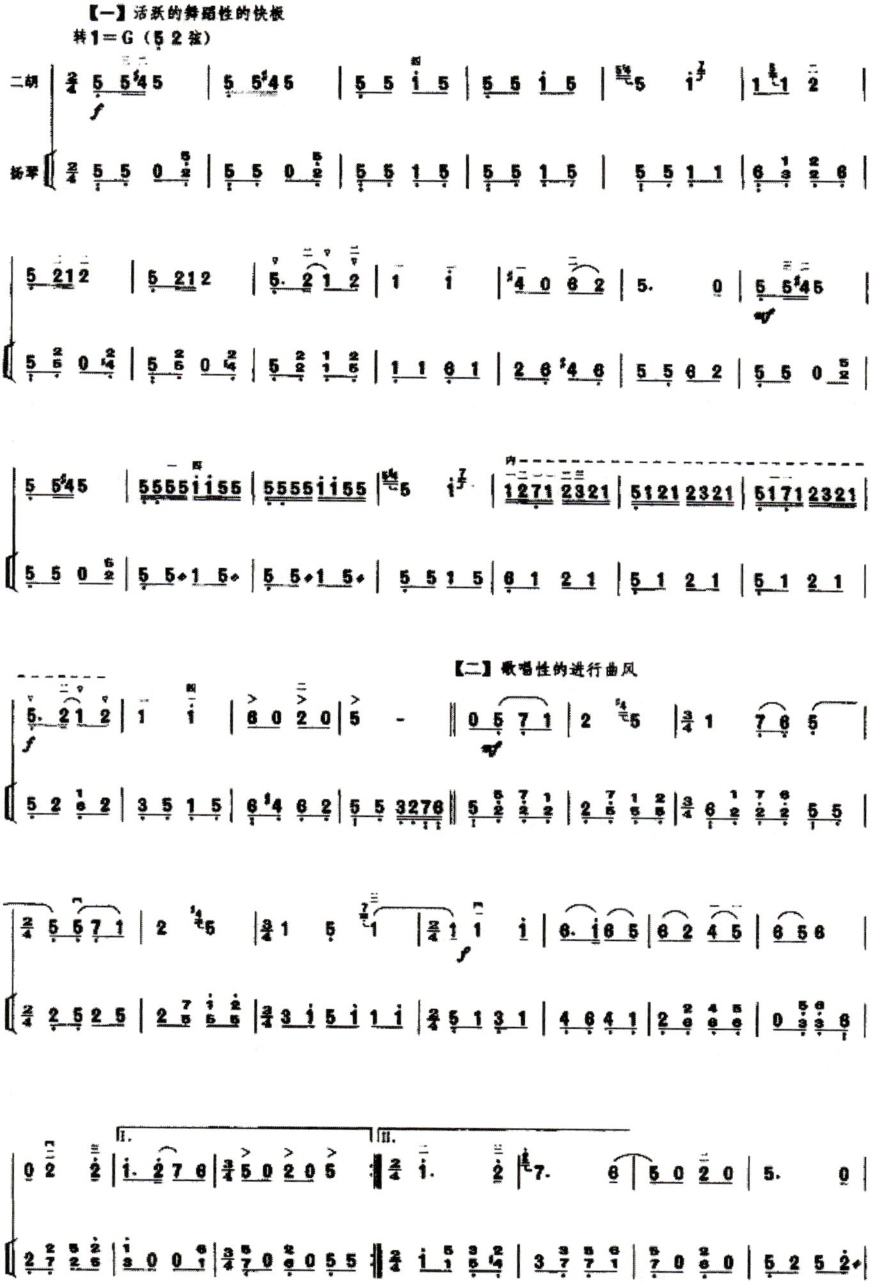
【一】活跃的舞蹈性的快板
转1=G（5 2弦）
二胡
扬琴
【二】歌唱性的进行曲风

【三】柔和地
转1＝F（6 3弦）
渐慢
转1＝♭B（3 7弦）
【四】中板　抒情地

富有表情地、赞美地
渐慢
回原速　生动地

速度自由　渐快
转1＝F（6 3弦）
扬琴
【五】热情、乐观、灵巧的小快板

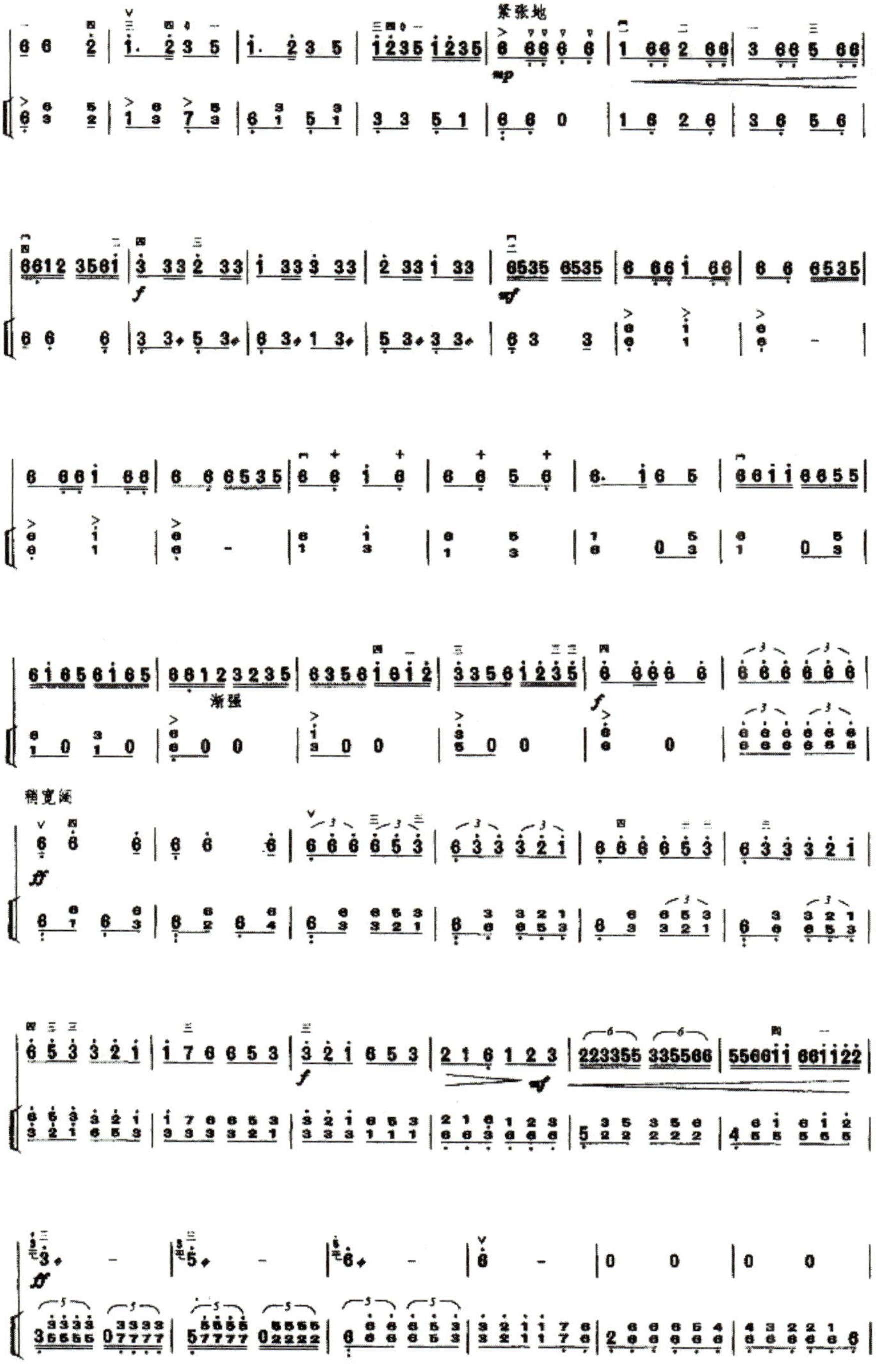
紧张地
渐强
稍宽阔

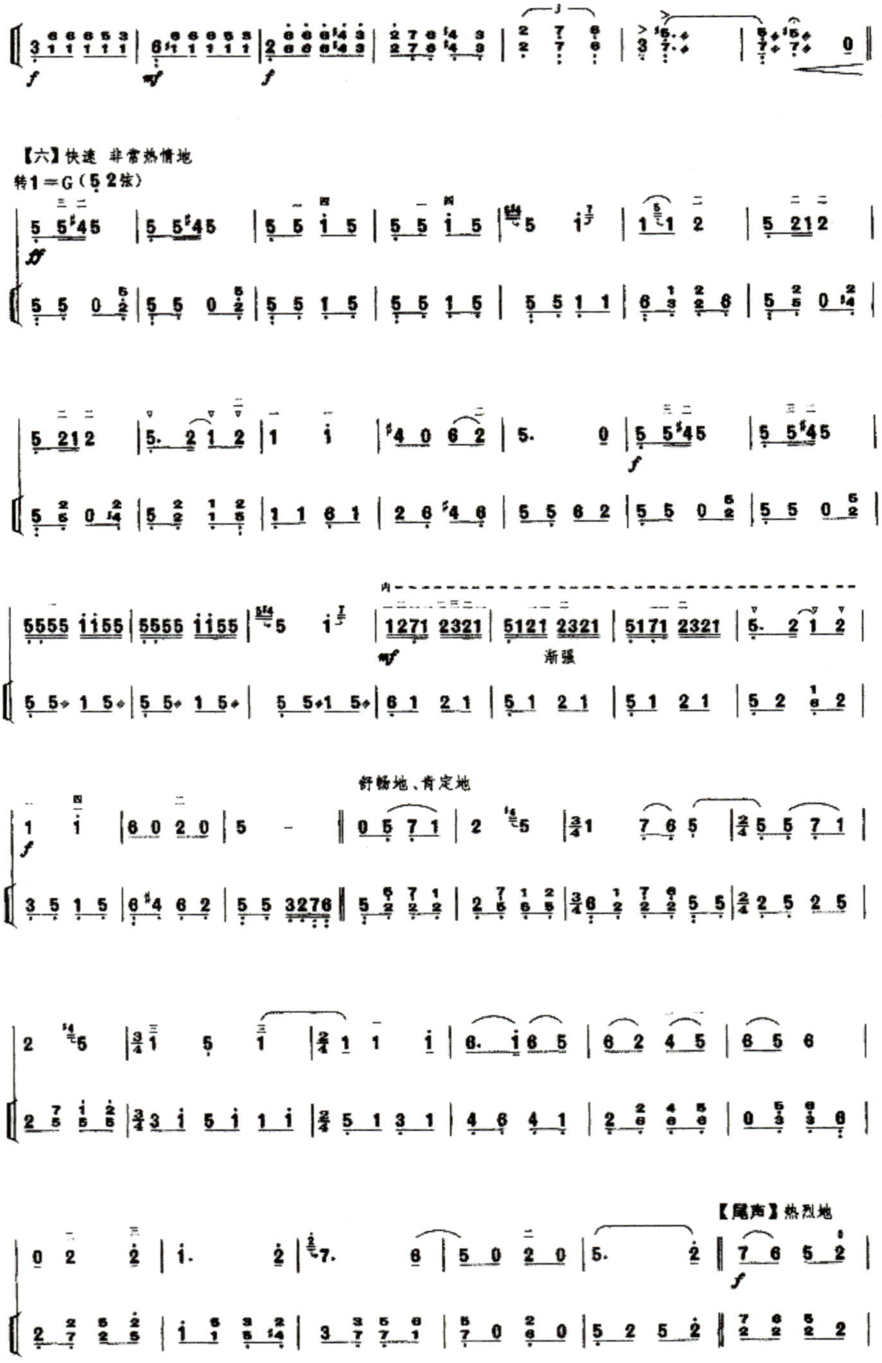
【六】快速 非常热情地
转1＝G（5 2弦）
渐强
舒畅地、肯定地
【尾声】热烈地

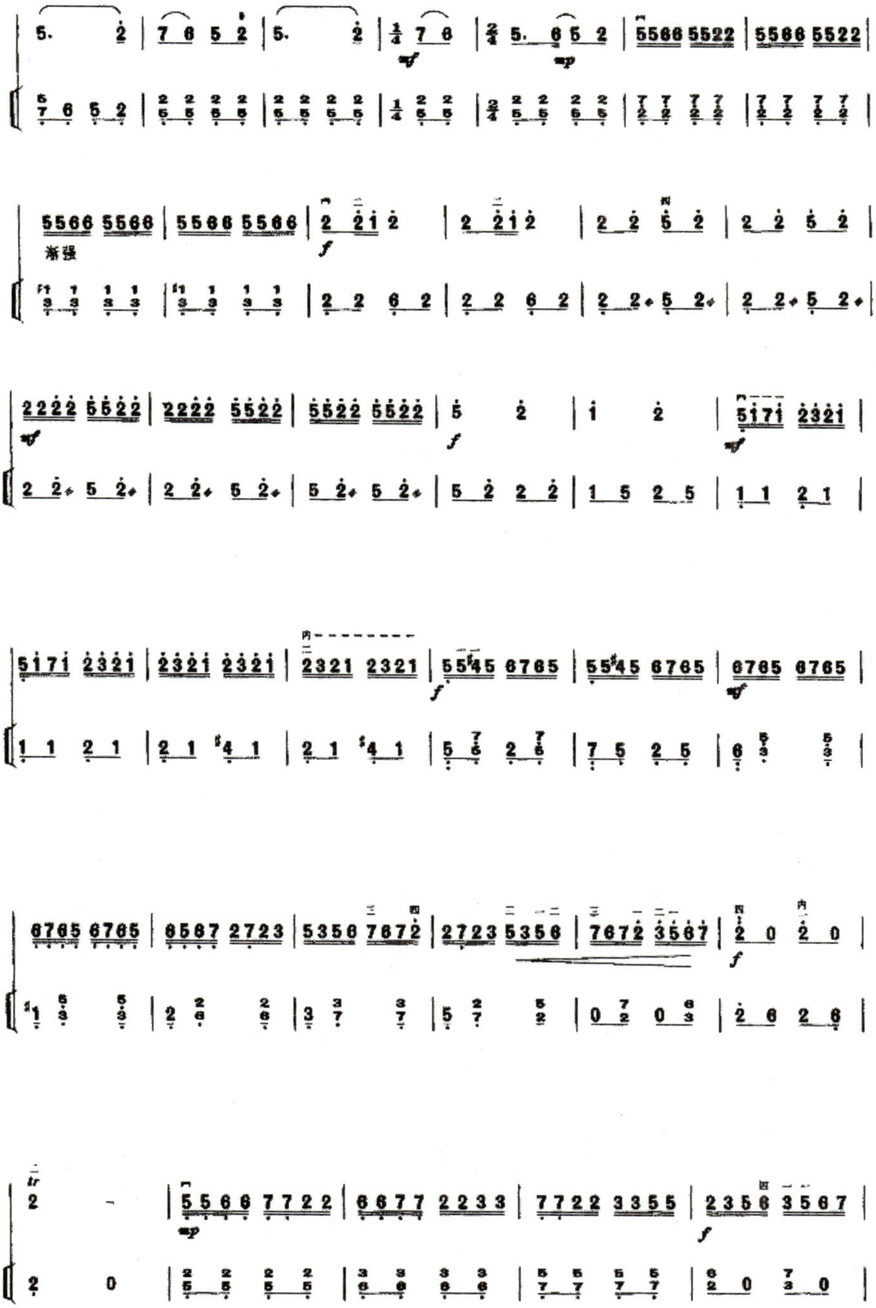
渐强

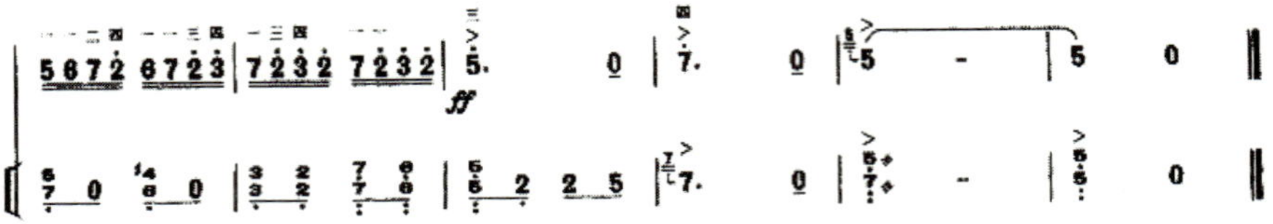

《三门峡畅想曲》是刘文金创作于1960年的一首二胡曲，是当代优秀的二胡创作作品之一。其创作内容、结构、形式等都有着一定的独特性，创作上在继承传统民间音乐中常见的创作原则的同时，技法上还借鉴外来的回旋曲式结构。其曲子生动形象地描写了三门峡水库工地劳动人民的生活实景，歌颂了社会主义建设者积极乐观的态度。被誉为二胡与钢琴结合的典范，是继《豫北叙事曲》之后，刘文金先生二胡艺术发展史上的又一个“里程碑”。

【创作背景】

20世纪50年代以来，党的文艺方针强调“为工农兵服务”“为政治服务”，这就要求音乐创作要把思想性摆在第一位，强调音乐作品以反映革命历史和社会主义的现实生活为首要目的，这是作曲家必须遵循的创作原则之一。尤其在20世纪50年代后期至20世纪60年代前期，音乐创作的显著特征即以这种反映群体的精神风貌为主流，那些雄壮的进行曲，歌颂劳动、丰年，歌唱中华人民共和国、赞美新生活的作品成为时代的主旋律。在庆祝中华人民共和国成立10周年之时，刘文金在题材选取上有意与中华人民共和国成立这一重大历史事件相结合，通过音乐来表达亿万中国人民发自内心的喜悦与欢呼。作曲家避免了当时社会上较为肤浅的公式化、概念化的颂扬，而是从自己的内心深处、思想感情出发，运用较为独特的形式和极富个性的音乐语言来展示人民群众的生活及情感。

三门峡水库是黄河上第一个大型水利枢纽工程，是一座曾经引起成千上万人狂迷欢呼的水库。在20世纪60年代初，国家正处于困难时期，为了国家的建设和发展，投入了大量的资金和人力，而劳动者也同样怀着火热的激情去建设三门峡。作曲家刘文金就是在20世纪60年代初，依据三门峡建设的场景，特别是当时人们火热的劳动场面，而创作了二胡独奏曲《三门峡畅想曲》。

【乐曲赏析】

该曲采用回旋曲式结构，描写了三门峡水库的雄伟壮观，刻画了建设者们豪爽的形象，表达了他们崇高的志向和对未来的憧憬。当人们登高展望时，整个三门峡水库的壮观引起了无限广阔的引以为豪的感受，音调激情而高亢。引子比较辽阔、激昂。第一段富有舞蹈性节奏的主部音调，展现了建设者们愉快豪爽的形象。这段节奏比较鲜明、热烈。第二段进一步表现了建设者们崇高的志向和坚定的信心，这段音乐比较富有节奏性。第三段音调轻松、含蓄，较前面一段稍平缓，做了同主音的调性转换，很有特色。第四段主要表现对劳动的赞美和对未来的想象。音乐比较优美抒情，犹如群舞。这是比较规整的三部曲式。第五段为小快板，音调时而轻松愉快，时而激烈紧张，表现了劳动的场面。第六、七段和尾声是主部和第一插部的最后再现，乐曲是热烈的而且是闯入进行的。

【曲作者简介】

刘文金（1937—2013年），河北唐山人，祖籍河南安阳，中国当代著名作曲家、指挥家，被民乐界誉为“刘天华以来最具代表性的作曲家”。历任中央民族乐团团长、艺术总监、中国歌剧舞剧院院长、中国歌剧舞剧院艺术指导等职。主要作品有二胡与钢琴《豫北叙事曲》《三门峡畅想曲》，二胡协奏曲《长城随想》《秋韵》，民族管弦乐《太行印象》《茉莉花》《春风幻想曲》，交响诗《十面埋伏》等。《豫北叙事曲》《三门峡畅想曲》都是刘文金在校期间的处女作，是较早采用二胡与钢琴精心结合演绎方式的作品，被誉为杰出的姊妹篇。当时，曾将二胡演奏艺术推向了新的高峰，在海内外影响至今。1999年，《三门峡畅想曲》被选入国庆50周年“新中国舞台艺术精品”专辑。

三门峡·梳妆台

词/贺敬之　曲/赵新辉

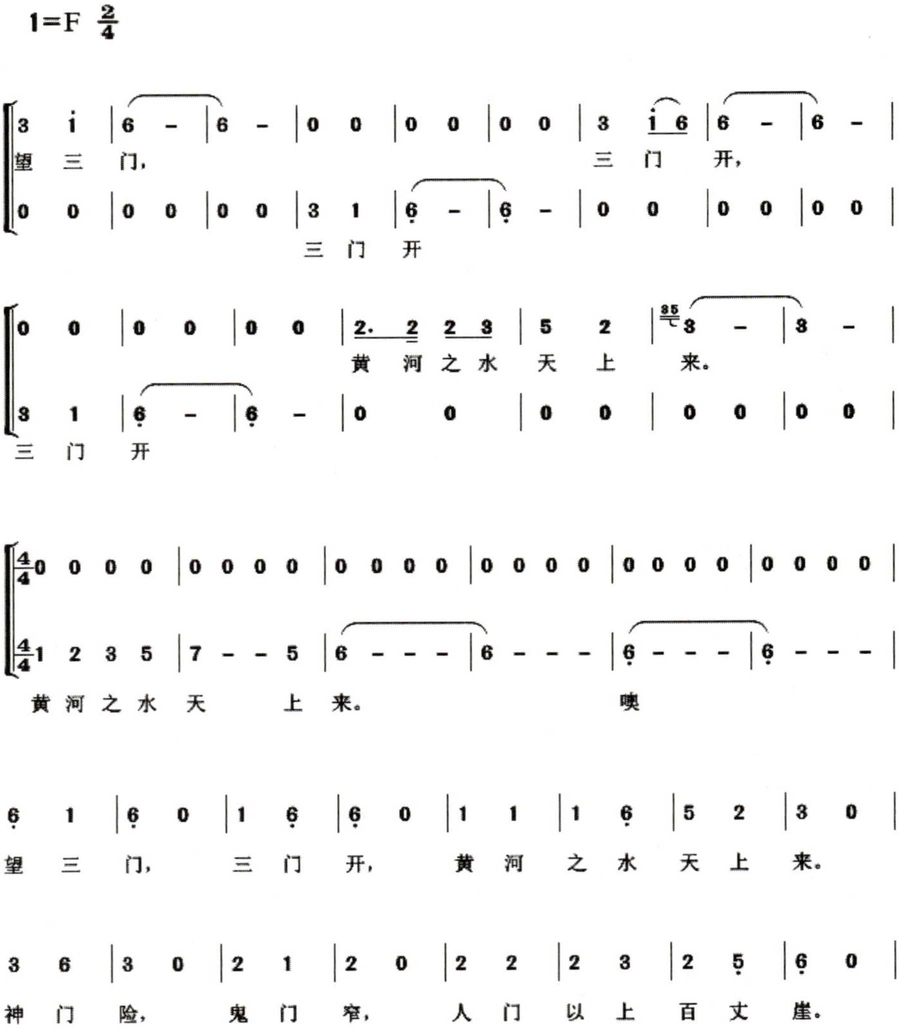

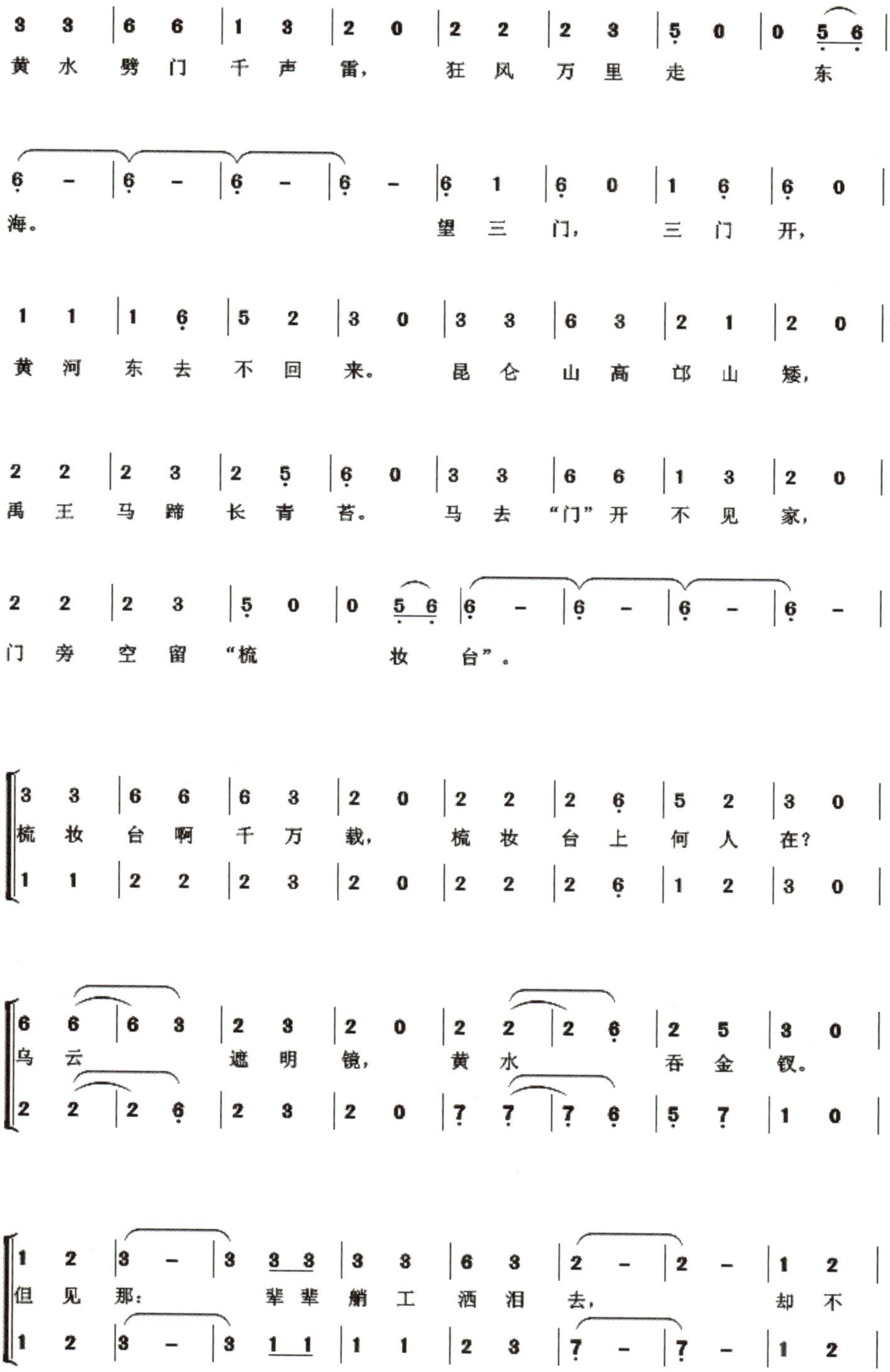

黄水劈门千声雷，狂风万里走东
海。
望三门，三门开，
黄河东去不回来。昆仑山高邙山矮，
禹王马蹄长青苔。马去“门”开不见家，
门旁空留“梳妆台”。
梳妆台啊千万载，梳妆台上何人在？
乌云遮明镜，黄水吞金钗。
但见那：辈辈艄工洒泪去，却不

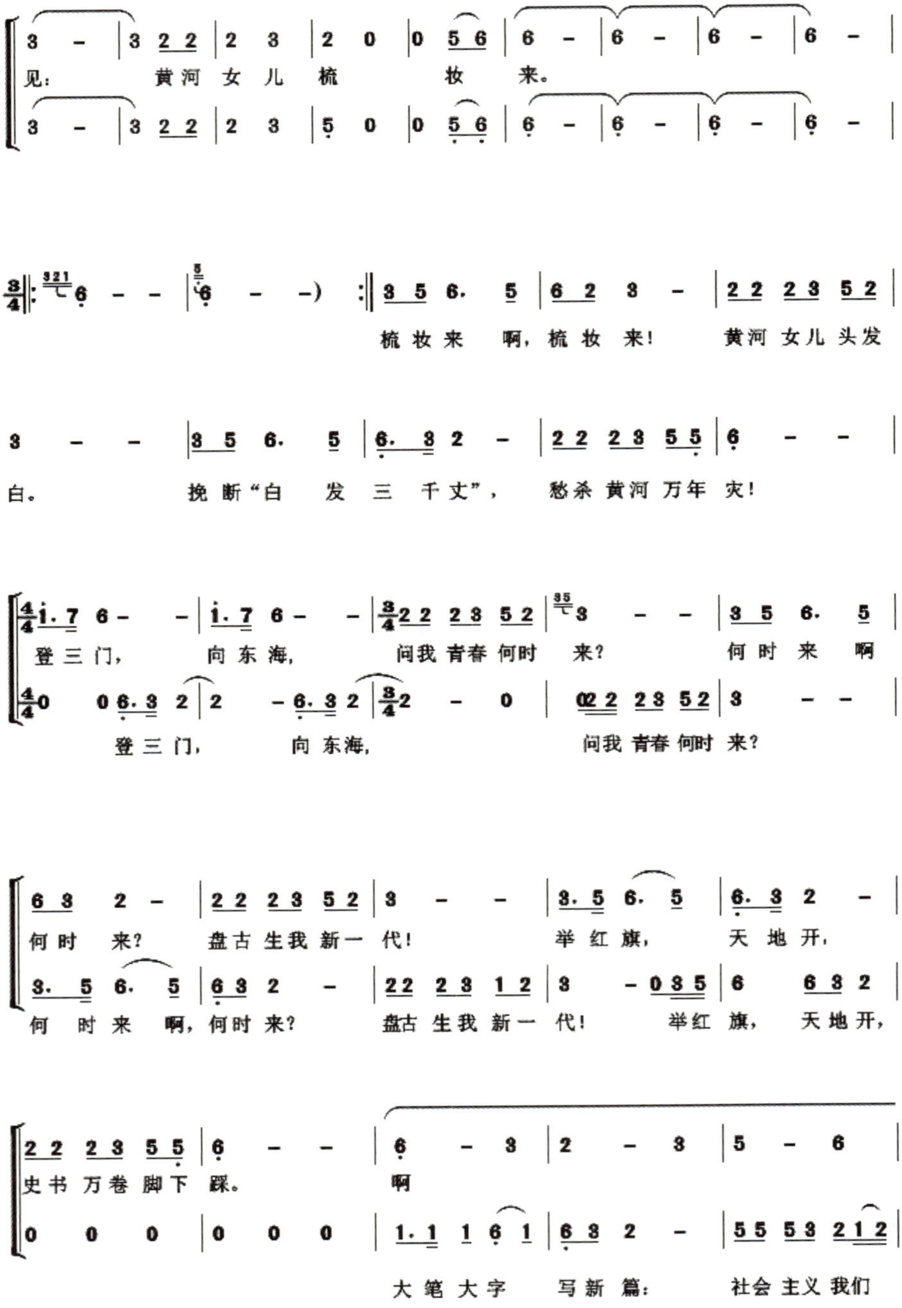
见：黄河女儿梳妆来。
梳妆来啊，梳妆来！黄河女儿头发
白。挽断“白发三千丈”，愁杀黄河万年灾！
登三门，向东海，问我青春何时来？何时来啊
登三门，向东海，问我青春何时来？
何时来？盘古生我新一代！举红旗，天地开，
何时来啊，何时来？盘古生我新一代！举红旗，天地开，
史书万卷脚下踩。啊
大笔大字写新篇：社会主义我们

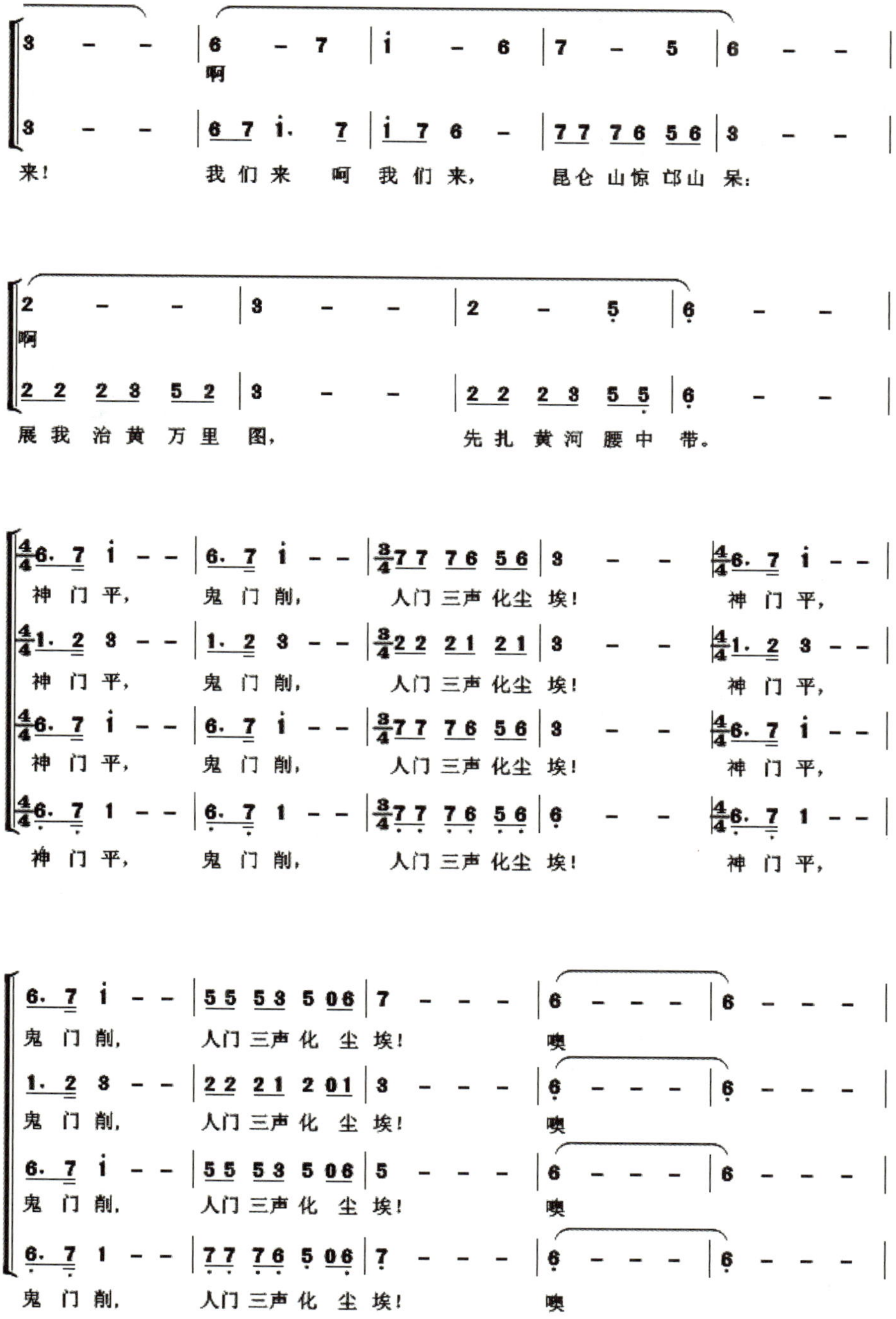
啊
来！ 我们来 啊 我们来， 昆仑山惊邙山呆：
啊
展我治黄万里图， 先扎黄河腰中带。
神门平， 鬼门削， 人门三声化尘埃！ 神门平，
神门平， 鬼门削， 人门三声化尘埃！ 神门平，
神门平， 鬼门削， 人门三声化尘埃！ 神门平，
神门平， 鬼门削， 人门三声化尘埃！ 神门平，
鬼门削， 人门三声化尘埃！ 噢
鬼门削， 人门三声化尘埃！ 噢
鬼门削， 人门三声化尘埃！ 噢
鬼门削， 人门三声化尘埃！ 噢

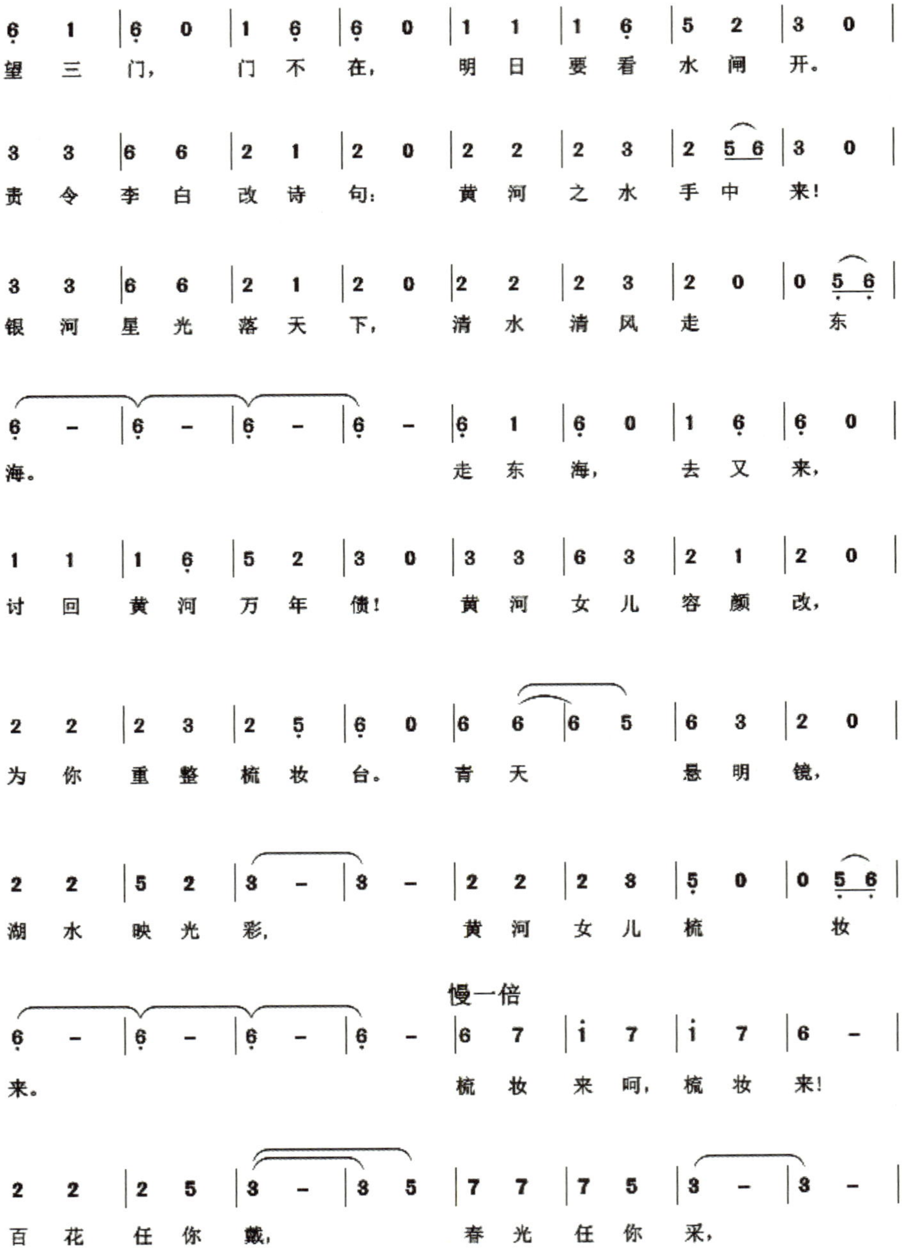

【曲作者简介】

赵新辉，三门峡市音乐家协会副主席、三门峡市合唱学会副会长、三门峡市音乐学科带头人、高级教师。

影视作品

电影《大禹的传人》

导演/金　韬　主演/李幼斌

《大禹的传人》是金韬所执导的电影，由长春电影制片厂出品，彩色普通话剧情片。1992 年于中国大陆上映。剧中主人公郑海峰的扮演者为演员李幼斌，周恩来的扮演者为演员柴云清。

【剧情简介】

水利工程师郑海峰与新娘田晓莲正在拜天地，却被苏联专家请走了，晓莲觉得十分委屈。郑海峰与苏联专家就黄河大坝的设计展开了争论，周总理十分赞赏郑海峰的建议，正当工程进展到关键时刻，一场“反右”斗争将郑海峰列入“另册”后下放。斗争过去后，周总理亲自请回了海峰，并任命他为副总工程师，负责三门峡水利工程。其间，晓莲为郑海峰生了个女儿名叫“治水”。

20 世纪 70 年代，又一场“反右”斗争袭来，海峰愤怒撕碎了自己设计的大坝的改建图。但他没有气馁，更加坚定了治理黄河的决心。治水长大成人了，在父亲的影响下，她决定留下来继续做大禹的传人……

纪录片《三门峡》
（解说词）

中国新闻纪录电影制片厂

黄河，古老的，伟大的河流，横贯在祖国的北方，河水暴涨暴落，汹涌澎湃，潜藏着依山填海的力量。几千年来，黄河是我们民族文化的摇篮，但也给我们人民带来了重重的灾难，人民筑成了千里长堤，也不能有效地把这股浊流阻拦。

黄河，发源于青海巴颜喀拉山上的约古列宗曲，奔流 4800 多公里，经过青海、甘肃、内蒙古、陕西、山西、河南、山东七省，东入渤海。

黄河，从 4000 多公尺的高山奔腾而下，就像一个巨大的瀑布，它跳过无数险岩，越过无数浅滩，冲过无数峡谷。

三门峡，是黄河流向华北平原区的最后一道险峡，这里两岸是险陡的峭壁，河心是磊磊坚硬的岩石，顺着山峡急转直下的黄水在这里猛然被两座石岛迎面劈开，劈成三股激流，人门、神门、鬼门。

2000 多年以前，我们的祖先为了通过三门天险，就在这坚硬的岩壁上开辟了栈道。

和平，这是 1800 年前东汉的年号，从这里不知走过多少船夫，拉断过多少缆绳，坚硬的岩石都被磨得平滑光亮。

这不是一条小沟，这是隋唐时代的统治者动员千万民工用手锻造成的运粮渠道，紧靠三门北岸，长达 300 公尺，人们叫它娘娘河。娘娘河口的将军柱，它像一个古代的巨人，望着滚滚黄水东去，莫可奈何地低首徘徊。往南有一座石岛叫作香炉寨，传说太上老君在这里炼过丹，再往南，挺立河心的就是砥柱石。

中流砥柱，千百年来人们都用它来象征我们民族的不屈不挠的英雄气质。面对着难以越过的天险，人们创造了许多动人的神话来抒发自己的理想。传说有一位神仙，为了让黄河畅流无阻，用脚蹬开了两岸的石壁，壁上至今还留着神脚掌。

传说大禹当年开第三门，跃马过河时在鬼门岛上踏出了这两个马蹄窝。人们相信三门峡是大禹开辟的，望着这里的峭壁雄流，谁不惊叹是鬼斧神工。为了纪念这位治水的功臣，人们在三门岭上修建了禹王庙，历来放船下山过三门的船夫都要到这里来烧香献供，祈求大禹的保佑。

可是，泥塑木雕的偶像心肠再怎么仁慈也无法减轻人民的灾难，黄河没有停止咆哮，洪水仍然年年威胁人民，一个美好的愿望只有在今天才提得出来。

我们要征服黄河，根治黄河，让黄河变成清河。

每一个被祖国派来征服黄河的尖兵，瞩望三门峡未来的景象时，都感到自豪，都充满信心。他们踏遍了这南北两岸的崎岖小道，他们撑着羊皮小筏在惊涛骇浪中穿行，他们攀越险峻的峭壁去叩问沉睡了千万年的岩石，他们站在轰轰流奔的黄水之滨测绘着社会主义的远景，他们俯视三门天险，设计着未来工程建筑的蓝图。

三门峡，北面是中条山脉的三门岭，南岸是华山山系的摩云山，河底是一片坚硬的火成岩盘，这里完全适合建筑巨型的拦河高坝。

三门峡艰巨的建设工程，在艰苦和困难中开始了。每一件机器运到峡谷中来，都是很不容易。峡谷中什么都没有，我们在开始时，一切都得依靠人力和木船，在这些从来没有踩下过人的脚印的石道上，架设钢丝吊桥。这是过去人们只能在神话中安排的桥梁。神门岛和人门岛上耸立起来，一架又一架钻机开始转动，震得岩石颤抖，淹没了河水的吼叫。

苏联地质专家萨托洛瓦鉴定从河底取出的岩芯，说在这样坚硬的闪长斑岩上面，保证可以建筑出最牢固的大坝。

路修到了三门峡坝头工地，它给三门峡带来了祖国各地的支援，一条专用铁路也从会兴镇修往坝头，它穿过许多山洞，跨过许多深沟。铁路通车了，首先运来的是工地盼望的发电列车。

峡谷中的新村史家滩，就在这些地方，建设三门峡水库的人们安居下来了。在官厅成长的爆破手吴满山，他曾在大伙房、陡河等工地立过功，在这里他已是模范突击小组的指挥员了。这里的居民，有的是来自狮子滩的安装工，有的是来自佛子岭的浇灌工，有的是来自官厅的钻工。在大安村路边，有这样一张彩图，它吸引了所有新来这里的居民的兴趣，当他们谈到要在这里筑起百公尺的高坝，把黄河拦腰截断，混凝土要把三门峡浇灌成一座冲撞不动的大山，谁都兴奋地说个没完。

这里公房建筑还赶不上需要，有许多家属只好住在窑洞里，这有什么关系呢？大家都很高兴做一个三门峡的居民，孩子们也高兴自己是一个三门峡的小学生。

来这儿最久的是勘探队，他们已经在这里落户三年了，现在还是住在帐篷里。会过生活的人将永远生活得美丽又愉快。勘探姑娘们每天都从山下提水来浇帐篷前的花，这些花种是向往三门峡、热爱三门峡的孩子们从淮阳、从武汉、从广东寄来的，姑娘们把它叫作淮阳花或叫作三门峡之花。

对于每一个勤劳勇敢的建设者，三门峡的一切都像画一样美，像诗一样的动人。夜，这样的安静，可是今夜的安静里却蕴藏着烈火，那是千万工人的建设热情，那是6亿人民对这个工程的关心。

1957 年 4 月 13 日，朝霞拨开夜雾来到了三门峡。这一天，鬼门岛上，狮子石畔，到处人声喧腾，彩旗飘扬，一个真正的巨人，我们伟大的集体，骑在黄河这条泥龙的脖子上，向他宣战了。

黄河三门峡工程局刘子厚局长在下开工命令：“同志们，三门峡工程局成立一年多以来，基本上完成了开工前的准备工作，我今天根据国务院的指示，代表黄河三门峡工程局正式宣布黄河三门峡水利枢纽工程开工。”

今天，娘娘河上奔流的不再是呜咽的风吹黄水，而是钢铁的履带；今天，峡谷里的波涛的笑声黯哑了，到处都震荡着钢铁的合唱。载重汽车一辆跟着一辆奔驰在不久以前还只有羊肠小道的河边，巨大的拌和楼将站在陡峭的山腰里，运送混凝土的钢桥将在滚滚波涛中建构，这一切还仅仅是这个巨大工程的开始，是在为全面机械化施工准备条件。三门峡开工，就意味着向整个黄河宣战了，三门峡水库建成后将解除威胁下游 8000 万人民的洪水灾害，将可使 4000 万亩农田得到充分灌溉，将能从河口一直走到兰州，将发出 60 亿度电。

人们不断地向河水进攻，石料、混凝土块，以 1 分钟一车，50 秒一车，30 秒一车日夜不停地向河心倾卸。顽强的河流不肯让路，英雄们顶住逆流放下钢铁管柱，让投下的石料站住脚跟。

截断黄河的庄严时刻临近了，这条巨龙就要被擒，在这条峡谷里再也听不到她那汹吼的声音了。把大量混凝土倾倒在工地上，辛勤的劳动迎来了新的胜利，一个伟大的工程雏形出现了。冬天来了，建设者们紧跟着时间的脚步，迎着风雪严寒倔强地战斗。在这一年里，工地上留下了多少辛勤的脚印，劳动的双手所触摸过的地都闪闪发光。

三门峡工程今天展现在我们眼前的这巨大体魄，曾注入了多少人力物力，全国有多少双手，多少个这样的车间，日夜为三门峡工程赶制着它所需要的各种器材和设备。

刘少奇主席来到工地，混凝土队进入浇灌场地，一上阵就是猛升猛打。在他们身边的对手是木模队，木模队是工地上飞翔的最高的人。与混凝土、木模两队并肩前进的是钢筋队，这真像传说中的飞檐走壁，看来是那样的轻巧，却要付出大量体力。队长王泽松同志带领大家来革新他们的工作，创造了一种新的立模方法，使工程的速度更加快了，而他们飞得也更高了。混凝土队虽然掌握了机械化的工具，但是他们所使用的振捣器仍然是费力而且笨重的。可是黄河的水是不等人的，他还在咆哮地追赶着建设者们。这里是智慧的海洋，是创造力的源泉。在许多丰富多彩的革新项目中，要数第一件最能显示我们工人同志创造力和智慧的光彩。他们创造的这台浮力振捣器，完全可以摆脱人工操作，只要把混凝土压上，振捣的面积既大又坚实。

随着电站厂房的修建，这座装机容量百万千瓦的巨型发电站开始安装了，安装中遇到了新的复杂的技术问题，正像他们在过去所遇到的重重困难一样，经过了多少苦思，耗费了多少精力，又留下过多少汗水，最后终于战胜了困难，迎来了胜利。

汛期来到了，呼风呼雨像给黄河助威似的把上游的洪峰带来了。建设者们面对着一个新的考验——能否战胜洪水？这一夜，人们分外的振奋、紧张，这一夜，工地上的灯火分外的壮丽、辉煌，但当朝霞布满天空的时候，这还是汹涌澎湃、浊流滔滔的黄河么？千百年来，人们第一次为你留下了欢乐的眼泪。

这座水上长城，是新的中流砥柱，是中国人民伟大力量的象征。大自然赐给了我们一条多么好的河流，只要能够驯服她，她就可以为我们贡献出无穷的力量。黄河，敞开你那宽阔的胸膛吧，我们要用这满河的清水写出更新更美的诗章。

（摄制于 1961 年 8 月）

书法作品

砥柱铭

文/魏　徵　书法/黄庭坚

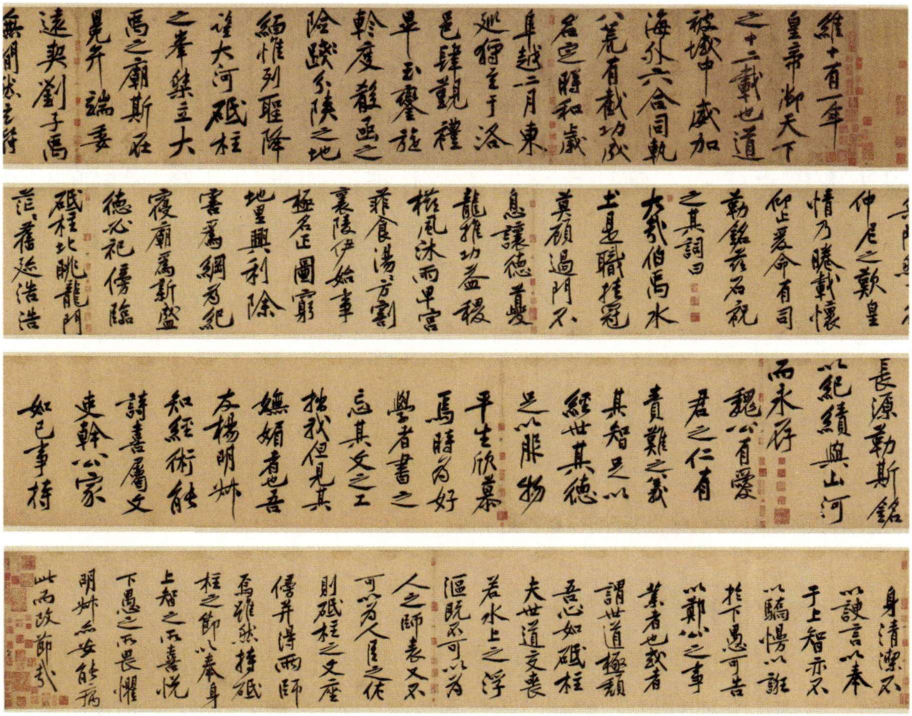

维十有一年，皇帝御天下之十二载也。道被域中，威加海外；六和同軓（轨），八荒有截；功成名定，时和岁阜。越二月，东巡狩至于洛邑，肆觐礼毕，玉銮旋轸；度崤函之险，践分陕之地；缅维列圣，降望大河；砥柱之峰桀立，大禹之庙斯在；冕弁端委，远契刘子；禹无闲然，玄符仲尼之叹，皇情乃睠，载怀仰止。爰命有司勒铭兹石祝之，其词曰：

大哉伯禹！水土是职；挂冠莫顾，过门不息；让德夔龙，推功益稷；栉风沐雨，卑宫菲食；汤汤方割，襄陵伊始；事极名正，图穷地里；兴利除害，为纲为纪；寝庙为新，盛德必祀；傍临砥柱，北眺龙门；茫茫旧迹，浩浩长源；勒斯铭以纪绩，与山河而永存！

魏公有爱君之仁，有责难之义。其智足以经世，其德足以服物，平生欣慕焉。时为好学者书之，忘其文之工拙，我但见其妩媚者也。吾友杨明州，知经术，能诗，喜属文，吏干公家如己事。持身清洁，不以谀言以奉于上智；亦不以骄慢以诳于下愚。可告以郑公之事业者也。或者谓：世道极颓，吾心如砥柱。

夫世道交丧，若水上之浮沤；既不可以为人之师表，又不可以为人臣之优则。砥柱之文座傍，并得两师焉。虽然，持砥柱之节以奉身；上智之所喜悦，下愚之所畏惧。明州亦安能病此而改节哉？

【作品简介】

《砥柱铭》是“宋四家”之一北宋著名书法家黄庭坚的手书作品，是他散落民间的最重要的书法瑰宝之一。

【作品赏析】

北宋大书法家黄庭坚有一卷传世墨迹《砥柱铭》，纸本行楷，共 600 余字，书魏徵《砥柱铭》文字，卷上无年款。卷高 32 厘米，长 824 厘米，加上拖尾纸上历代名家题跋，共卷长 1100 厘米左右。原藏于日本京都藤井有邻馆。

《砥柱铭》在南宋时曾经被王厚之（字顺伯，1121—1204 年）和贾似道（号秋壑，1213—1275 年）先后收藏，在晚明也曾被大收藏家项元汴收藏。在清代晚期，此卷一直在广东地区递藏流传，当时岭南许多收藏家曾鉴藏和著录过此卷。后来流出国内被日本有邻馆收藏。曾著录于明末张丑《真迹日录》四集、清人方浚赜《梦园书画录》卷三。也出版于今人刘正成主编的《中国书法全集·黄庭坚卷》（荣宝斋出版社，2001 年），但是它的真伪性却引起了学术界较大的争议。

【书法作者简介】

黄庭坚（1045—1105 年），字鲁直，号山谷道人，晚号涪翁，洪州分宁（今江西省九江市修水县）人，北宋著名文学家、书法家、盛极一时的江西诗派开山之祖，与杜甫、陈师道和陈与义素有“一祖三宗”（黄庭坚为其中一宗）之称。与张耒、晁补之、秦观都游学于苏轼门下，合称为“苏门四学士”。其生前与苏轼齐名，世称“苏黄”。著有《山谷词》，且黄庭坚书法亦能独树一帜，为“宋四家”之一。